세계 명작 동화를 둘러싼 40년의 여행

SEKAI NO JIDO BUNGAKU WO MEGURU TABI

© MASAYOSHI IKEDA 2020

Originally published in Japan in 2020 by X-Knowledge Co., Ltd.

Korean translation rights arranged through Danny Hong Agency SEOUL

이 책의 한국어판 저작권은 대니홍 에이전시를 통한 저작권사와의 독점 계약으로

메디치미디어에 있습니다. 저작권법에 의해 한국 내에서 보호를 받는 저작물이므로

무단전재와 복제를 금합니다.

지도·일러스트   야지마 아즈사(矢島あづさ)

협력   공익재단법인 도쿄어린이도서관(東京子ども図書館) / 요시다 미치코(吉田美知子)

세계 명작 동화를 둘러싼 40년의 여행

걸작이 탄생한 환상의 장소들과
88세 할아버지의 반세기의 기록

이케다 마사요시 지음
황진희, 심수정 옮김

'口'

여는 글

내가 영국을 중심으로 아동문학 작품 속 무대의 실제 장소들을 찾아다니며 사진을 찍기 시작한 것은 지금으로부터 약 40년 전 일입니다. 그리고 그렇게 찍어온 사진들을 전국 공공 도서관이나 아동문학 관련 모임 등에서 상영회 형식으로 선보이며 관련 내용을 설명하는 활동을 쭉 이어왔지요. 46개 주제별로 사진을 추려 약 20년 동안 슬라이드 상영회를 열었고, 이제 그 횟수가 1천 번 가까이에 달합니다. 참가자는 1회당 3, 40명 정도로 많지는 않았지만, "작품의 무대를 상상하는 데 도움이 되었다", "해당 책을 다시 읽어보고 싶다"라는 감상평을 잔뜩 받아왔어요.

이미지의 힘이란 참으로 대단해요. 최근에는 도쿄어린이도서관과 함께 유럽 아동문학 작품 관련 장소들을 여행하며 찍은 사진을 달력으로 만들어 판매했는데, 이 달력도 호평을 받았답니다.

이러한 긴 역사를 거쳐 이번에는 《세계 명작 동화를 둘러싼 40년의 여행》이라는 책을 선보이게 되었어요. 제목대로 여러 나라의 아동문학 작품 속 무대와 관련 있는 곳들을 찾아간 이야기를 담았고, 특히 영국 작품들을 중점적으로 소개하고 있습니다. 영국 작품들 속에 그려진 세계는 완전한 허구의 공간이 아니에요. 눈앞에 사실적으로 떠오르도록 이야기 속 세계를 묘사하고 있는데, 실제로 그

이면에는 모델이 된 장소나 사물 등이 존재한답니다. 그 실제 모델이란, 2천 년 전의 로마 유적(서트클리프의 작품들)이기도 하고, 스코틀랜드의 메리 여왕이 갇힌 저택(《시간 여행자, 비밀의 문을 열다》)이기도 하고, 덩굴장미가 흐드러지게 핀 뜰(《비밀의 화원》)이기도 합니다. 작품 속 무대와 시대는 모두 제각각이지만 공통점이 하나 있어요. 그 실제 장소들은 지금도 남아 있으며 마음만 먹으면 찾아가볼 수 있다는 것이지요.

 도서관도 없고 읽고픈 책을 찾기도 힘든 시골에서 자라 늘 책에 굶주려 있던 내가 전 세계 어린이들에게 오래도록 사랑받은 명작들의 실제 무대를 구석구석 찾아다닐 수 있었던 것은 크나큰 행복이었습니다. 이 즐거움을 혼자서만 누릴 수는 없다는 생각이 들었어요. 아동문학을 즐기는 새로운 방법을 독자 여러분과 함께 나누고 싶습니다. 또 이 책을 읽은 어른 독자가 아동문학의 즐거움을 어린이들에게도 알려준다면 그보다 더 기쁜 일이 있을까요. 우리 어린이들에게 아동문학은 곧 세상의 보물찾기나 마찬가지니까요.

이케다 마사요시

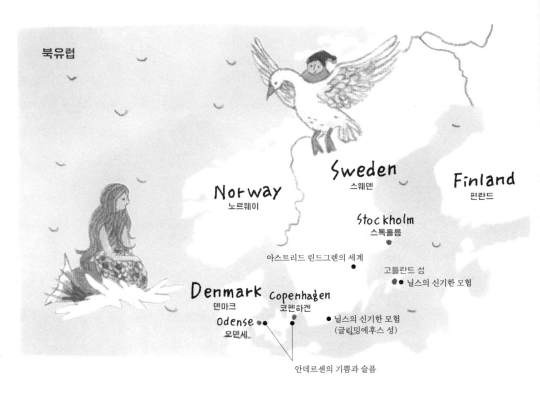

북유럽

Norway
노르웨이

Sweden
스웨덴

Finland
핀란드

Stockholm
스톡홀름

아스트리드 린드그렌의 세계

고틀란드 섬
닐스의 신기한 모험

Denmark
덴마크

Copenhagen
코펜하겐

Odense
오덴세

닐스의 신기한 모험
(글림밍에후스 성)

안데르센의 기쁨과 슬픔

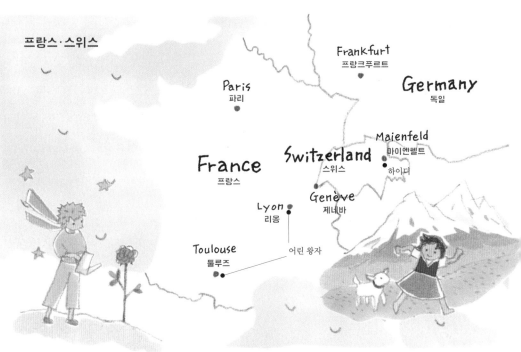

프랑스·스위스

Frankfurt
프랑크푸르트

Paris
파리

Germany
독일

Maienfeld
마이엔펠트

France
프랑스

Switzerland
스위스

하이디

Genève
제네바

Lyon
리옹

어린 왕자

Toulouse
툴루즈

영국

Scotland
스코틀랜드

왕의 표식 · 킬마틴

Edinburgh
에든버러

Glasgow
글래스고

· 변방의 늑대

· 독수리 군기를 찾아

제비호와 아마존호

· 피터 래빗 이야기

Lake
District
레이크 디스트릭트

England
잉글랜드

시간 여행자,
비밀의 문을 열다

· 추억의 마니

Wales
웨일스

요정 딕

비밀의 저택 그린 노위
· 케임브리지

이상한 나라의 앨리스,
나니아 연대기

· 한밤중 톰의 정원에서

코츠월즈

옥스퍼드

London
런던

· 피터 팬

브리스틀

버드나무에 부는 바람

햇불을 든 사람들

· 도버

독수리 군기를 찾아

둘리틀 박사의 바다 여행

운명의 기사

비밀의 화원

곰돌이 푸

아서왕 전설의 뿌리를 찾아서
(틴타젤 성)

사과밭의 마틴 피핀

N

W

S

차례

여는 글   4

영국을 무대로 한 작품

《피터 래빗 이야기》 베아트릭스 포터   12

《제비호와 아마존호》 아서 랜섬   22

《사과밭의 마틴 피핀》 엘리너 파전   32

《곰돌이 푸》 A. A. 밀른   44

《비밀의 화원》 프랜시스 호지슨 버넷   53

《운명의 기사》 로즈마리 서트클리프   65

《독수리 군기를 찾아》 로즈마리 서트클리프   73

《횃불을 든 사람들》 로즈마리 서트클리프   83

《변방의 늑대》 로즈마리 서트클리프   92

《왕의 표식》 로즈마리 서트클리프   98

　　기고 **흐린 하늘 아래 펼쳐진 거친 들판과 방벽** 이와나미소년문고판 표지 사진   107

아서왕 전설의 뿌리를 찾아   108

《한밤중 톰의 정원에서》 필리퍼 피어스   119

　　칼럼 **사랑스러운 몰리 멀론**   129

《나니아 연대기》 C. S. 루이스   130

《이상한 나라의 앨리스》 루이스 캐럴   139

《추억의 마니》 조앤 G. 로빈슨   148

《시간 여행자, 비밀의 문을 열다》 앨리슨 어틀리   156

《둘리틀 박사의 바다 여행》 휴 로프팅   166

《비밀의 저택 그린 노위》 루시 M. 보스턴　174

《피터 팬》 제임스 매튜 배리　182

《버드나무에 부는 바람》 케네스 그레이엄　190

《요정 딕》 캐서린 M. 브릭스　196

　칼럼 아동문학 여행에 아이패드(iPad)를 활용하다　204

북유럽을 무대로 한 작품

《닐스의 신기한 모험》 셀마 라겔뢰프　206

《사자왕 형제의 모험》을 쓴 아스트리드 린드그렌의 세계　217

《그림 없는 그림책》을 쓴 안데르센의 기쁨과 슬픔　227

프랑스·스위스를 무대로 한 작품

《어린 왕자》 앙투안 드 생텍쥐페리　240

《하이디》 요한나 슈피리　248

해설　258

닫는 글　262

- 내용 이해를 돕기 위해 일부 고유명사와 지명에 외국어 표기를 병기했습니다.
- 일부 고유명사와 지명은 한국에 좀 더 잘 알려진 이름으로 표기했습니다.
  예: 이와나미쇼넨분코 ⇨ 이와나미소년문고
- 책·희곡은 《 》, 단편·시는 「 」, 음악·연극·영화·애니메이션은 〈 〉로 표기했습니다.
- 인용문은 이 책의 원서에 실린 번역문과 해당 아동문학 작품의 원문을 바탕으로 기재했습니다.
- 옮긴이 주석은 *로 표시했습니다.
- 각 한국 출판사들에게서 사용을 허락받은 한국어판 표지를 함께 실었습니다.

영국을 무대로 한 작품

《피터 래빗 이야기》

베아트릭스 포터

더없이 아끼고 사랑한 레이크 디스트릭트

베아트릭스 포터는 평생 수십 권의 책을 썼어요. 하지만 그림책 제작에 특히 몰두했던 시기는 《피터 래빗 이야기》가 나온 1902년부터 《피글링 블랜드 이야기The Tale of Pigling Bland》가 출간된 1913년까지, 약 11년간이었지요. 그리고 이 기간의 전반부와 후반부의 창작 방식이 서로 다르다는 점을 알아볼 수 있어요.

포터 가족은 레이크 디스트릭트Lake District* 북부의 케직Keswick 마을 인근에 자리한 링홀름Lingholm 저택이나 포 파크Fawe Park 저택을 빌려 여름휴가를 즐기곤 했어요.** 아마 타지에서 온 손님 취급을 받으며 지냈을 거예요. 그런데 1905년, 마침내 집에서 독립한 포터가 레이크 디스트릭트의 윈더미어Windermere 호수 남서부에 자리한 니어 소리Near Sawrey 마을의

*호수, 숲, 폭포, 언덕 등이 많아 자연 풍경으로 유명한 지방이다. 잉글랜드 북서쪽에 있다.
**1885년부터 1907년에 걸쳐 포터는 링홀름에서 열 번의 여름휴가를 보냈다. 1901년에 링홀름에 머물며 쓴 이야기가 《다람쥐 넛킨 이야기The Tale of Squirrel Nutkin》(1903)다. 포터는 1903년에 포 파크 저택에서 휴가를 보낸 뒤, 1904년에 포 파크 저택이 주요 무대로 등장하는 《벤저민 버니 이야기The Tale of Benjamin Bunny》를 발표했다.

위 더웬트Derwent 호숫가의 링홀름 저택. 포터는 이곳에서 여름휴가를 보내면서《다람쥐 넛킨 이야기》를 썼다. **아래** 성처럼 웅장한 레이 캐슬Wray Castle 저택. 포터는 열여섯 살 때 처음으로 레이크 디스트릭트를 방문했고 그때 이곳에 머물렀다.

힐 톱Hill Top 농장과 저택을 사서 혼자 살아가기 시작해요. 부모님과 함께 지냈던 시절과 달리 이곳에서는 모든 것을 포터 스스로 해결해야 했습니다. 이 같은 생활 환경의 변화는 포터의 그림책 제작 활동에 어떤 영향을 미쳤을까요?

포터가 미국의 어느 잡지에 기고했던 글에 창작 작업에 대한 그의 생각이 명확히 드러나 있어요.

나는 쓰는 일이 즐겁다. 창작의 시간은 전혀 힘들지 않다. 하지만 의뢰를 받아 쓰는 것은 별로 좋아하지 않는다. 나의 글쓰기는 나의 즐거움을 위한 행위이다.

포터의 이런 자세는 전 생애에 걸쳐 달라지지 않았을 거예요. 하지만 니어 소리 마을에 자리를 잡으면서 포터의 즐거움은 상당히 변화한 듯이 보여요.

1907년작 《톰 키튼 이야기The Tale of Tom Kitten》에서 포터가 힐 톱 농장을 트윗칫 부인네 집으로 그려냈던 것을 예로 들 수 있습니다. 마침내 자신이 안정적인 생활을 꾸려나가고 있는 곳에 대한 강한

니어 소리의 힐 톱 농장. 1905년에 힐 톱 농장을 산 포터는 이듬해 증축을 끝내고 이곳에서 산다.

위 풀꽃이 흐드러지게 피어난 힐 톱 농장과 포터의 자택. **아래** 니어 소리에서는 백 년 전 우체통이 여전히 쓰이고 있다. 포터는 크리스마스카드용 그림에 이 우체통에 편지를 넣는 피터를 그렸다.

애정을 이야기 속에 녹여내고 싶었던 모양이에요. 게다가 이 무렵 포터는 농장 증축을 마치고 정원을 가꾸는 데 푹 빠져 있었지요. 그래서 꽃이 피고 지는 정원의 모습까지 작품에 담아냈던 것입니다.

이야기 곳곳에 등장하는 실제 마을 사람들

포터의 이런 마음은 점점 강해졌어요. 포터는 그 이듬해에 출간한 《제미마 퍼들덕 이야기 The Tale of Jemima Puddle-Duck》에 힐 톱 농장에서의 생활을 좀 더 섬세하고 따스하게 그려냅니다. 힐 톱 농장 관리인의 부인과 부인의 두 아이*, 반려견 켑이 나온 점만 보아도 잘 알 수 있지요.

*두 아이 랄프와 벳시는 삽화에만 등장한다. 포터는 이 작품을 아이들에게 헌정했다.

　하지만 살다 보면 좋은 일만 있지는 않습니다. 가끔 문제도 생겨나지요. 1908년작 《새뮤얼 위스커스 이야기 The Tale of Samuel Whiskers》는 포터가 농장에 사는 생쥐 탓에 애먹은 사건을 바탕으로 만든 작품이에요. 이처럼 과거에 호숫가 저택에서 휴가를 보내면서 썼던 작품들과 다른, 포터의 실제 생활에 뿌리를 둔 이야기들이 태어났습니다.

　포터가 마을 풍경이나 집, 가끔은 마을 사람과 그들이 기르는 동물을 아주 정성스럽게 그려내자 마을 사람들은 포터에게 더욱 관

피터와 벤저민이 타고 넘어간 포 파크 저택 돌담. 나중에 벤저민의 아빠도 돌담 위에 올라 입에 파이프를 물고 있었다.

세계 명작 동화를
둘러싼
40년의 여행

걸작이 탄생한 환상의 장소들과
88세 할아버지의 반세기의 기록

이케다 마사요시 지음 / 황진희, 심수정 옮김

북펀드에 참여해주신 후원자분들

㈜리니웍스	김보람	김준환	박혜지	안영지	이복영	이혜영B	최동호
LEE CHUNHEE SUK	김봉순	김지선	배소라	안은미	이상희	이혜인	최명숙
강양중	김성은	김지혜	배승환	양국희	이성한	임보라	최명은
고문수	김소연A	김진아	배정은	양기립	이숙진	장미림	최소은
고수정	김소연B	김진향	백명기	양서연	이숙현	장영순	최수이
고흥석	김소정	김하림	백서연	양혜선	이숙희	전다슬	최수정
공예지	김수민	김해경	백소연	염규양	이승희	전재용	최승아
곽아람	김수정	김현정	백장미	염희진	이시원	전지훈	최여송
구민재	김수진	꿈틀책방	백주영	오호	이아름	정경심	최유림
권기현	김수현	나비송	서동화	우수환	이연지	정의삼	최유진
권오희	김승희	도수곤	석지혜	우연주	이연화	정지윤	최인순
권우준	김애경	라혜진	성경희	우정례	이영우	정혜영	최인승
권진영	김애화	류정희	손수현	유미선	이영종	조민수	하은정
권춘호	김영민	마진호	송다은	유은혜	이은자	조선미	한기원
권택경	김영숙A	문정회	송우림	유지연	이인호	조소희	한수홍
김가형	김영숙B	민지현	송은희	유희진	이자연	조수정	한재선
김경자	김유미	박규리	송재경	육현희	이정식	조엄지	한지연
김경희	김유진	박근주	신영경	윤지윤	이정은	조원희	허경호
김광성	김은영	박미정	신윤정	윤지혜	이정희	조지영	허지영
김다래	김은희	박성수	신지영	이가연	이주은	조희정	홍성욱
김대광	김인수	박성혜	신향경	이강희	이지은	좌민기	홍정희
김리연	김인원	박순복	신현지	이경주	이지헌	진용주	황선도
김문정	김재용	박순혜	심수진	이경진	이지현	차은미	황수현
김미영	김재은	박재우	심희재	이경희	이창민	채민숙	황은진
김민찬	김정미	박종호	안병관	이다현	이현일	천신애	황닌아
김보라	김정인	박채림	안수미	이동훈	이혜영A	초롱	

위 피터와 벤저민 이야기의 무대가 된 포 파크 저택. **아래 왼쪽** 포 파크 저택 벽돌담 사이로 보이는 텃밭과 온실은 작품 속 모습 그대로이다. **아래 오른쪽** 스켈길Skelgill 농장은 《티기 윙클 부인 이야기The Tale of Mrs. Tiggy-Winkle》에 나오는 루시 집의 모델이다.

캣 벨스Cat Bells 언덕의 바위를 따라 흘러내리는 물줄기. 《티기 윙클
부인 이야기》에 등장한 이 작은 폭포는 백 년 전과 변함없이 지금도
물보라를 일으키면서 흘러내리고 있다.

《티기 윙클 부인 이야기》의 부시가 잃어버린 손수건을 찾아 걸은
언덕길.

심을 갖게 되었고, 그들 사이에는 두터운 친밀감이 생겨났어요.
1909년작 《진저와 피클스 이야기The Tale of Ginger and Pickles》는 마을
사람들 사이에서 화젯거리가 되었고 다들 엄청 즐거워했대요. 포
터는 그때의 상황을 친구에게 보내는 편지에 이렇게 적었습니다.

> 이번 작품에는 우리 마을 사람이라면 알아볼 수 있는 낯익은 풍경이 많
> 이 나와. 다들 서로의 집이나 고양이가 등장한 것을 부러워하더라고.

이 작품은 몸이 좋지 않아 누워 지내던 노인 존 테일러 씨에게 바친
것이기도 해요. 포터는 존 씨의 부인이 꾸려가는 잡화점을 이야기
의 무대로 삼았습니다. 존 씨는 자기도 책에 나오게 해 달라고 했지
만 포터가 침대에서 일어나지 못하는 그를 작품에 등장시키기 어
렵다는 식으로 얘기하자 존 씨는 "겨울잠쥐여도 좋아요"라며 부탁
했어요. 이 말이 책머리의 헌사에 실려 있지요. 실제로 이 작품에는
존이라고 불리는 겨울잠쥐가 등장합니다.*

　니어 소리 마을 사람들의 이 같은 사랑
속에서 포터는 호숫가 저택에서 지냈을 때
느꼈던 감정과는 다른 즐거움과 기쁨을 맛
보며 그림책 만드는 일에 전념했을 거예요.

*존은 《새뮤얼 위스커스 이야기》에 자신의
아들이 등장하자 부러운 마음에 이런 요청
을 했다고 한다. 존은 《진저와 피클스 이
야기》가 출간되는 것을 보지 못하고 세상
을 떠났다.

티기 윙클 부인의 모델인 고슴도치는 영국에
서 '헤지호그'라고 불린다.

마을 사람들과의 인연이 깊어지면서 이 지역을 진심으로 사랑하게 된 포터는 땅을 지키고 보살필 방법을 찾아 나섰어요. 오랜 지인인 하드윅 론즐리Hardwicke Rawnsley 목사가 자연을 보호하기 위해 '내셔널 트러스트National Trust'라는 단체를 세우자, 포터는 아버지와 함께 열렬한 지지자가 되어 레이크 디스트릭트를 보호하는 데 앞장서지요. 제2차 세계 대전 중 레이크 디스트릭트에서 가장 아름답다는 탄 하우Tarn Hows 호수와 그 일대가 매물로 나오자 포터는 내셔널 트러스트 회장에게 모금 활동을 벌여 땅을 사들이도록 권유했어요. 하지만 전쟁 중이어서 모금액이 기대에 못 미치자 나머지 금액을 익명으로 기부했다고 합니다.

1943년, 포터는 평생에 걸쳐 사들인 약 5백만 평의 토지와 열다섯 개 농장을 모두 내셔널 트러스트에 기부한다는 유언을 남기고 눈을 감았어요. 그의 나이 일흔일곱이었습니다.

일본어판 《피터 래빗 이야기》 베아트릭스 포터 지음, 이시이 모모코 옮김, 후쿠인칸쇼텐
한국어판 《피터 래빗 전집》 베아트릭스 포터 지음, 황소연 옮김, 민음사

장난꾸러기 토끼 피터는 맥그레거 씨의 밭에 몰래 숨어들어 아저씨가 소중하게 키운 채소를 먹어버린다. 화가 머리끝까지 난 맥그레거 씨가 피터를 잡으려고 쫓아오는데……

《제비호와 아마존호》

아서 랜섬

여름휴가 뱃놀이에서 탄생한 랜섬의 작품 세계

아서 랜섬은 1884년 북잉글랜드의 리즈에서 태어났어요. 리즈 대학의 역사학 교수였던 아버지는 어린 랜섬을 데리고 레이크 디스트릭트로 자주 사냥과 낚시를 하러 다녔고, 랜섬이 좀 더 자라자 레이크 디스트릭트의 윈더미어에 있는 기숙학교에 입학시킵니다. 이러한 어린 시절 일들은 랜섬이 레이크 디스트릭트와 평생 인연을 맺는 계기가 되었지요.

1917년 러시아 혁명이 일어나자 랜섬은 신문사 특파원으로 눈부신 활약을 펼쳤어요. 러시아 혁명가 트로츠키의 비서였던 예브게니야 페트로브나 셸레피나Evgenia Petrovna Shelepina와 결혼한 랜섬은 혁명이 끝남과 동시에 특파원 일을 그만두고 귀국해 레이크 디스트릭트에 자리를 잡습니다.

윈더미어 호수 근처에 있는 로우 러더번Low Ludderburn 저택에 정착한 랜섬은 어린이들의 모험담인 《제비호와 아마존호》를 쓰게 되는데, 이 작품 설정에는 명백한 모델이 있어요. 1928년, 시리아 알

동쪽에서 내려다본 코니스톤 호수Coniston Water. 사진 앞쪽에는 홀리 하우 농장과 제비호 보트 창고의 모델이 있고, 뒤쪽에는 일명 칸첸중가Kangchenjunga 산이 있다.

레포Aleppo의 의사 알토니안Altounyan과 그의 가족이 코니스톤 호수로 여름휴가를 옵니다. 이 가족과 가깝게 지낸 랜섬은 아이들과 함께 돛단배를 즐겨 탔고 《제비호와 아마존호》를 구상하게 되지요.

제비호를 모는 남매 가운데 첫째 존 워커의 모델은 알토니안가의 장녀인 타퀴Taqui로, 이야기를 구성하는 과정에서 성별만 남자로 바뀌었어요. 가정적이고 자상한 수잔, 신경질적이지만 상상력이 풍부한 티티, 현실주의자인 로저, 그리고 아직 아기인 비키 또한 알토니안가 아이들의 성격을 그대로 반영해 만들었다고 합니다.

랜섬이 14년에 걸쳐 완성한 '제비호와 아마존호' 시리즈 12권 중 레이크 디스트릭트를 무대로 한 이야기는 제1권 《제비호와 아마존호》, 제2권 《제비 계곡Swallowdale》, 제4권 《겨울 방학Winter Holiday》, 제6권 《비둘기 집배원Pigeon Post》, 제11권 《픽트족과 순교자들The Picts and the Martyrs》로, 총 다섯 작품입니다. 모두 랜섬이 만들어낸 가상의 호수(코니스톤 호수와 윈더미어 호수를 합친 호수로, 《제

홀리 하우 농장 모델의 나무 문 앞. 작품 초반에 전보를 든 엄마가 언덕길을 지그재그로 달려 올라오는 로저를 기다리던 곳이다.

위 윈더미어 호수 일대의 중심인 보네스Bowness 항. 유람선이 여럿
오가는 활기찬 곳이다. 랜섬이 단골로 묵던 올드 잉글랜드 호텔이
사진 가운데에 있다. **아래** 보네스 마을 근처의 윈더미어 증기선 박물
관*에 전시되어 있던 아마존호. 실제 이름은 메이비스Mavis호이다.

*2007년에 문을 닫은 후 2019년에 '윈더미어 제티Windermere Jetty'
라는 이름으로 다시 개장했다.

비호와 아마존호》에 실린 지도에서도 볼 수 있어요)를 배경으로
이야기가 전개되지요. 이 다섯 작품은 서로 연결 고리를 가지고 있
어서 함께 읽어야 레이크 디스트릭트를 무대로 한 작품 세계를 제
대로 이해할 수 있어요.

어린이의 마음을 가진 어른이 쓴 이야기

랜섬의 책을 읽으며 흥미로웠던 점은, 설명문이 거의 없을뿐더러
'등장인물들의 대화'로 바로 다음 행동이 발생하고 이야기가 진행
된다는 점이에요. 이렇게 전개될 때 이야기에는 리듬감이 생겨납
니다. 어린이 독자들이 작품 세계에 푹 빠져드는 것도 당연한 일이
지요.

 아이들이 나누는 절묘한 대화의 비밀은, 보통 어른들과는 다른
랜섬의 어린이 같은 부분에 숨겨져 있는지도 몰라요. 랜섬을 지켜
봐온 영국 작가 맬컴 머거리지Malcolm Muggeridge는 이렇게 말했대요.

> 랜섬은 어린이에게 별로 관심이 없었다. 이 점은 어린이가 주인공인 어린
> 이 문학이 성공하는 데 필요한 요소라고 생각한다. 어른 대부분은 자기
> 와 다른 존재여서 어린이를 좋아한다. 반면 랜섬처럼 어린이 같은 어른
> 은, 본인이 어린이와 닮았기에 어린이를 좋아하지 않거나 지루함을 느낀
> 다. 바로 그렇기 때문에 랜섬은 어린이들의 놀이 방식이나 사물을 바라보
> 는 관점에 대해 잘 알았고, 어린이들은 랜섬의 작품에 끌리는 것이다.(《아
> 서 랜섬의 생애The Life of Arthur Ransome》, 휴 브로건Hugh Brogan 지음, 1984년.)

머거리지의 이러한 평가는 랜섬 작품의 본질을 파악하는 데 아주
중요한 역할을 한다고 생각해요.

코니스톤 호숫가. 이 근처에 들고양이섬(필 아일랜드)과 아마존호
보트 창고의 모델이 있다.

체험에서 태어난 '화성 통신'

앞에서 소개했듯이 실존 인물과 장소가 등장한다는 점이 랜섬 작품의 특징이에요. 이러한 특징은 랜섬이 직접 삽화를 그리게 되면서 한층 짙어졌어요. 예를 들면 《제비호와 아마존호》에 나오는 다리엔 봉우리의 모델은 더웬트 호수의 프라이어즈 크래그Friar's Crag라는 곳이지요. 실제로 가서 보니 거대하고 울퉁불퉁한 바위 위에 소나무가 쭉쭉 자라 있는 모습이 삽화 속 풍경과 매우 흡사했습니다. 이렇게 묘사되어 있어요.

곶 끄트머리는 절벽처럼 깎여 호수 속으로 잠겨 있었다. 아이들은 꼭대기에 서서 남쪽의 낮은 언덕들 사이로, 그리고 북쪽의 높게 솟은 언덕들 사이로 굽이지며 퍼져가는 넓은 호수를 살펴보았다. (중략) 티티는 이곳을 다리엔이라고 불렀다.

홀리 하우 농장과 제비호 보트 창고의 모델은 코니스톤 호수 동쪽 끝에 있는 뱅크 그라운드Bank Ground 농장과 보트 창고이고, 블랙킷 가족이 사는 벡풋 저택의 모델은 윈더미어 호수 남쪽 끝에 자리한 타운 헤드Town Head라는 이름의 집입니다. 아마존호 보트 창고의 모델은 코니스톤 호수 남단에 있는 보트 창고이며, 실제 모습 그대로 삽화에 그려져 있어요.

랜섬이 이야기에 등장시킨 것은 장소와 건물만이 아닙니다. 윈더미어 호숫가 언덕의 로우 러더번 저택에 사는 랜섬과 언덕 기슭의 바크 부스Bark Booth 저택에 사는 켈솔Kelsall 대령은 절친한 낚시 친구였어요. 전화가 없어 연락을 주고 받기가 쉽지 않았던 이들은 세모나 네모꼴 신호를 바깥에 내걸며 낚시 약속을 잡았지요. 랜섬은

위 코니스톤 호숫가에 있는 제비호 보트 창고의 모델. **아래** 코니스
톤 호수 남단에 있는 아마존호 보트 창고의 모델. 랜섬이 그린 삽화
속 모습 그대로 남아 있다.

왼쪽 오래전 켈솔 대령이 살았던 바크 부스 저택. **오른쪽** 지금 이곳
에 사는 집주인이 '화성 통신Signal to Mars'을 직접 보여주었다.

이 경험을 《겨울 방학》에서 워커가 아이들이 딕, 도러시아 남매와
주고받는 '화성 통신'으로 등장시킵니다. '어린이 같은 어른'인 랜
섬의 일면이 느껴지는 대목이에요.

참고로 바크 부스 저택은 지금도 남아 있어요. 그 집을 찾아갔을
때 밖에 나와 있던 집주인(의대 명예교수라고 하더라고요)에게
"여기가 '화성 통신'을 했던 집인가요?" 하고 묻자 그는 잠깐 기다
리라고 하더니 흐뭇한 기색으로 신호를 들고 나와 화성 통신을 하
는 법을 직접 보여주었습니다. 서로 다른 나라에 사는 생면부지의
두 어른이 랜섬 덕분에 매우 즐거운 시간을 보냈어요.

일본어판 《제비호와 아마존호》 아서 랜섬 지음, 진구 데루오 옮김,
이와나미소년문고
한국어판 《제비호와 아마존호》 아서 랜섬 지음, 신수진 옮김, 시공
주니어

여름휴가를 맞아 호숫가 농장으로 놀러온 워커가 아이들이
작은 돛단배 제비호를 타고 호수 위 무인도로 떠난다. 캠핑,
호수 탐험, 해적과의 대결……. 아이들만의 즐거운 모험이 끝
없이 펼쳐진다.

《사과밭의 마틴 피핀》

엘리너 파전

이시이 모모코의 발자취를 따라서

잉글랜드 남단에 펼쳐진 서식스 지방은 영불 해협에 접해 있으며 기후가 온난한 곳이에요. 지형이 평탄한 이곳에는 높은 산이 거의 없고, 동서로 길게 뻗은 구릉 사우스 다운스South Downs 정도가 눈에 띌 뿐입니다. 이 완만한 구릉을 오르내리며 이어지는 약 160킬로미터짜리 사우스 다운스 웨이South Downs Way는 영국인들에게 꽤 인기 있는 장거리 도보 코스이고요.

지금으로부터 약 50년 전, 일본 아동문학가이자 번역가인 이시이 모모코는 엘리너 파전의《사과밭의 마틴 피핀》을 일본어로 번역한 뒤 작품의 무대가 된 서식스로 여행을 떠납니다. 이시이 모모코가 귀국 후에 쓴 여행기는 이와나미쇼텐에서 발행하는 월간지《도서図書》에 '1972년 초여름 영국 여행'이라는 제목으로 1973년 1월부터 12월까지 1년간 연재된 뒤,《아동문학 여행児童文学の旅》(1981)이라는 단행본에 수록되었어요. 그 직후 처음으로 영국을 방문한 나는

영불 해협에 접한 세븐 시스터즈Seven Sisters 설벽. 이 하얀 미위 버
랑 위로 사우스 다운스 웨이가 이어진다.

이시이의 여행기를 따라 자연 경관이 웅장하게 펼쳐진 서식스를
여러 번 탐험했지요. 몇 년 뒤에 영국으로 유학을 갔을 때는 시간이
나면 《사과밭의 마틴 피핀》에 등장한 장소들을 열심히 찾아다니면
서 사우스 다운스 웨이 대부분을 거닐어보았어요.

  나는 《사과밭의 마틴 피핀》의 옮긴이 후기에 실린 다음 대목 덕
에 파전의 작품에 등장한 실제 장소들을 방문하는 재미에 깊이 빠
지게 되었습니다.

  작품 속 지명은 파전이 만들어낸 가공의 것일지도 모른다고 생각했다.
  하지만 현지에 가보니 놀랍게도 그 지명들이 줄줄이 눈앞에 나타났다.
  이 작품에 실린 여섯 이야기 중 「임금님의 헛간The King's Barn」에 나오는
  챈턴베리Chanctonbury 언덕 밑에는 정말로 '작은 마을 워싱턴Washington'
  이 있었다. (중략) 또 실제로 가보지는 못했지만, 「눈 뜨고 하는 윙크Open
  Winkins」에 나오는 '높고 머나먼 곳High and Over'*은 「눈 뜨고 하는 윙크」
  속 홉의 영지의 모델인 알프리스톤Alfriston   *작품 속에서 환상의 장소로 묘사되는 곳으
  마을의 잡화점에서 산 여행 지도에 정확히 실   로, 실제 장소는 사우스 다운스의 힌드오
  려 있었다.   버 언덕Hindover Hill이다.

곳곳에 자리한 작품 속 지명과 장소

이시이 모모코의 날카로운 관찰력에 자극을 받아 나도 몇 가지 새
로운 사실을 알아냈어요. 특히 《사과밭의 마틴 피핀》 속 모든 이야
기가 사우스 다운스와 그 주변 지명 혹은 건물 이름을 바탕으로 창
작되었다는 사실을 알았을 때는 너무 놀란 나머지 입이 다물어지
지 않았다니까요.

  예를 들어 앞서 소개한 워싱턴 마을에는 이야기 제목 중 하나이
기도 한 '임금님의 헛간'이라는 이름을 가진 농장이 실제로 있었습

위 홉스 호스Hobb's Hawth 언덕에는 유럽가시금작화라고도 하는 울렉스가 무리 지어 있으며 여름이 되면 화사한 노란색 꽃을 피운다. **아래** 해마다 5월이면 하얀 꽃을 피워 '메이플라워'라고도 불리는 산사나무.

니다.「임금님의 헛간」속 이름들도 모두 이 마을에 실존하는 농장
들의 이름에서 따와서 만든 것이었어요. '주먹질하는 촌락Wapping
Thorp', '무리 지은 돌Huddle Stone', '덤불 오두막집Bush Hovel', '매부리
소퍼네Hawking Sopers'라는 이름을 마을 곳곳의 농장 간판에서 쉽게
만날 수 있었지요. 챈턴베리 언덕의 너도밤나무 숲에 있는 '이슬 연
못Dewpond'은 윌리엄 왕이 연못에 얼굴을 담갔다가 든 순간 전라의
여인 비올라를 본 장소이기도 해요.

조카 애너벨 파전Annabel Farjeon이 쓴《동이 트다: 엘리너 파전 전
기Morning Has Broken: A Biography of Eleanor Farjeon》(1986)에 다음과 같
은 설명이 나옵니다.

> 즐거운 분위기 속에서 이 상상력 가득한 이야기들이 쓰였다. 엘리너는
> 꽃, 숲, 구릉, 계곡 등이 있는 서식스 시골의 자유롭고 엉뚱한 환경에 친
> 숙해졌다. '매부리 소퍼네', '눈 뜨고 하는 윙크', '필리그린Pilleygreen 오두
> 막'*처럼 이름이 제멋대로인 곳들도 말이다.

*필리는 벌목할 수 있는 숲을 의미하는 옛
영어 단어로, 사람의 성으로 쓰이기도 했
다. 그린은 사람의 이름으로 추측되어, 필
리그린은 '벌목장의 그린 씨' 정도로 해석
할 수 있다.

워싱턴 마을에 있는 '임금님의 헛간' 농장 간
판.《사과밭의 마틴 피핀》의 첫 번째 이야기
의 제목이기도 하다.

위 「임금님의 헛간」에 나오는 언덕 위 챈턴베리 링Chanctonbury Ring
은 철기 시대에 흙으로 쌓아 올린 성터 흔적이다. 둥그런 너도밤나
무 숲이 있었지만 1987년에 불어닥친 폭풍 때문에 상당 부분 소실
되었다(사진은 1979년에 촬영). **아래** 「눈 뜨고 하는 윙크」에 등장하
는 알프리스톤 마을에 자리한 스타 인Star Inn 호텔. 잉글랜드의 매
우 오래된 숙소 중 하나로 일컬어지며 한때는 밀수업자들의 아지트
였다.

알고 보니 '매부리 소퍼네'는 워싱턴 마을에 있는 농장 이름, '눈 뜨고 하는 윙크'는 웨스트 서식스 주에 있는 숲 이름, '필리그린 오두막'은 웨스트 서식스 주의 도로변에 있는 석조 오두막 두 채의 이름이었어요.

또 세 번째 이야기 「꿈속의 물레방앗간The Mill of Dreams」의 무대 사이들섐 방파제Sidlesham Quay에는 예전에 물레방앗간으로 쓰였던 건물이 남아 있고, 입구 옆에 '올드 밀 하우스The Old Mill House'라고 적힌 튜브가 걸려 있습니다. 이곳을 찾았을 때, 마침 근해에서 들어온 높은 밀물로 습지와 풀밭이 물로 가득 차 마치 바다처럼 보였어요. 우연히 그 절경을 함께 본 어느 여성이 "당신은 정말 운이 좋네요. 이렇게 큰 밀물은 1년에 두세 번 있을까 말까 하거든요"라고 했을 때 나는 문득 이렇게 생각했지요. 어쩌면 이곳에서 큰 밀물을 보고 감명을 받은 파전이 방앗간에 사는 헬렌과 나이 든 뱃사람 피터가 다시 만나는 장면을 그려냈을지도 모른다고 말이에요.

밀물이 높이 들어와 마을 앞 습지가 모두 잠긴 모습.

위 「꿈속의 물레방앗간」에 등장하는 사이들샘 방파제의 밀 하우스
(방앗간). **아래** 입구에 걸린 튜브에 '올드 밀 하우스'라고 적혀 있다.

나중에 사이들섐 방파제를 다시 방문했을 때, 옛 물레방앗간 집에서 나온 노인이 오래전 이곳에 조력으로 돌아가는 물레방아가 있었지만 1910년에 홍수로 떠내려갔다고 설명해주었어요.

「꿈속의 물레방앗간」에 담긴 그리움

나는 여행하다가 마주친 여러 만남과 발견을 통해 파전이 사우스 다운스를 얼마나 사랑하고 아꼈는지 느낄 수 있었어요. 또 이 지방 곳곳의 이름이 작품 속에 녹아들게 된 까닭은, 사우스 다운스 산책을 권하고 자연과 친해지는 기쁨을 가르쳐준 죽은 친구, 에드워드 토머스Edward Thomas를 아끼는 마음이 파전에게 있었기 때문이라는 사실도 알 수 있었지요. 어쩌면, 특히 「꿈속의 물레방앗간」은 에드워드에게 보내는 사랑 고백이고 여주인공 헬렌은 파전 자신이었을지도 몰라요.* 《사과밭의 마틴 피핀》은 시인 에드워드 토머스에게 바치는 진혼곡이 아니었을까요.

*파전이 친하게 지낸 에드워드 토머스를 어떻게 생각했는지에 대해 여러 추측이 있으나 명백히 밝혀진 것은 없다. 토머스의 아내 이름 역시 헬렌Helen이고 파전은 1917년에 토머스가 죽은 후에도 계속 헬렌과 가깝게 지냈다.

THIS HILLSIDE
IS DEDICATED TO THE MEMORY OF
EDWARD THOMAS
POET

스팁Steep 마을의 언덕 중턱에 파전과 지인들이 세운 시인 에드워드 토머스 기념비.

「줄넘기 요정Elsie Piddock Skips in Her Sleep」의 무대인 케번Caburn 산
정상에서 바라본 남쪽 풍경. 건너편으로 사우스 다운스가 이어진다.

《데이지 꽃밭의 마틴 피핀Martin Pippin in the Daisy Field》에 나오는
'윌밍턴의 롱 맨Long Man of Wilmington,' 석회질 토양 언덕에 크게 새
겨진 사람 그림이다.

《데이지 꽃밭의 마틴 피핀》은 제목이나 내용으로 보아 《사과밭의
마틴 피핀》의 후속작인 셈이지만 전작이 출간되고 16년이나 지나
서야 나왔기 때문에 내게는 감동이 조금 덜했어요. 이 작품에서는
무대가 서식스 전체로 넓어지고, '윌밍턴의 롱 맨'이 그려진 언덕이
나 세븐 시스터즈 절벽 등 유명한 곳들을 배경으로 파전 특유의 환
상적인 이야기가 펼쳐지지요.

　《데이지 꽃밭의 마틴 피핀》에 수록된 「줄넘기 요정」은 파전이
특별히 아낀 작품이고, 영미권 나라에서는 아이들에게 읽어주기
좋은 이야기로서 변함없는 인기를 자랑하고 있어요. 이 이야기는
루이스Lewes 시 근처에 있는 케번 산을 무대로 펼쳐지지만 실은 파
전이 호턴Houghton 마을의 엔드 코티지The End Cottage라는 농가에 세
들어 살던 시절에 지은 작품이에요. 집 앞마당에 늘 아이들이 몰려
와 놀았는데, 그중 유독 줄넘기를 잘했던 '엘시'라는 아이가 주인공
의 모델이 되었대요. 파전이 묵었다고 하는, 소를 기르던 건물은 없
어졌지만 본채는 예전 그대로 남아 있습니다.

일본어판 《사과밭의 마틴 피핀》 엘리너 파전 지음, 리처드 케네
디 그림, 이시이 모모코 옮김, 이와나미소년문고
젊은 음유시인 '마틴 피핀'이 여섯 아가씨에게 환상적이고
로맨틱한 이야기 여섯 편을 들려준다. 서식스의 아름다운
자연을 배경으로 한 신비로운 분위기의 섬세한 작품.

한국어판 《줄넘기 요정》 엘리너 파전 지음, 살롯 보아케 그림, 김
서정 옮김, 문학과지성사
엘시는 요정들에게 줄넘기 실력을 인정받은 유명한 아이
다. 그런데 세월이 흘러감에 따라 엘시의 이야기는 잊히고,
새 영주가 나타나 마을의 캐번 산에 공장을 지으려고 한다.
그러자 캐번 산을 지키기 위해 백아홉 살의 엘시가 나서는
데……. 그림책으로 출간된 환상적인 고전 단편.

《곰돌이 푸》

A. A. 밀른

작품의 성공에 가려진 그늘

《곰돌이 푸》는 전 세계 어린이들에게 사랑받는 작품이지만 그 명성이 저자 밀른과 아들 크리스토퍼에게 어두운 그림자를 드리웠다는 사실은 그리 알려지지 않았습니다.

밀른은 케임브리지 대학을 졸업한 뒤 풍자 주간지 《펀치Punch》의 편집자로 활약하다가 극작가의 삶을 꿈꾸었어요. 하지만 그의 이름을 세상에 알린 것은 희곡이 아니라 1920년 8월에 태어난 아들 크리스토퍼에게서 영감을 얻어 쓴 어린이 책 네 권이었습니다. 바로 《우리가 아주 어렸을 때When We Were Very Young》(1924), 《곰돌이 푸 Winnie-the-Pooh》(1926), 《이제 여섯 살이야Now We Are Six》(1927), 《푸 코너에 있는 집The House at Pooh Corner》(1928)이에요.

이 책들은 모두 어니스트 하워드 쉐퍼드Ernest Howard Shepard가 그린 삽화와 잘 어우러져 어마어마한 판매량을 기록했어요. 《푸 코너에 있는 집》이 출간된 1928년 10월의 영국 판매량을 살펴보면 《우리가 아주 어렸을 때》가 17만9천 부, 《곰돌이 푸》가 9만6천 부, 《이

너도밤나무가 우거진 '백 에이커 숲.' 올빼미 '아울'이 살았을 법한
나무도 있다.

제 여섯 살이야》가 10만9천 부 판매되었습니다. 미국에서는 이보
다 훨씬 높은 판매량을 기록했어요.

불행히도 어린이 책의 대성공은 밀른가에 거대한 그림자를 드리
웁니다. '곰돌이 푸' 시리즈의 판매량이 높아질수록 실제 크리스토
퍼와 이야기 속의 '크리스토퍼 로빈'을 혼동하는 독자들이 늘어나
크리스토퍼의 생활을 흔들어놓았지요. 아들이 고통받고 있다는 사
실을 깨달은 밀른은 네 번째 책에서 '곰돌이 푸'의 세계를 매듭지어
요. 하지만 '푸의 저주'는 크리스토퍼가 사춘기 청소년이 된 이후에
도 떠나지 않고 계속 주위를 맴돌았습니다. 크리스토퍼가 다녔던
기숙학교 학생들은 크리스토퍼 로빈이 등장하는 시 「기도하는 로
빈Vespers」을 연거푸 읊어대며 예민한 크리스토퍼를 괴롭혔지요.

코치퍼드Cotchford 농장 뜰에는 크리스토퍼
로빈의 석상이 세워져 있다.

'크리스토퍼 로빈'으로 망가진 인생

아버지의 모교인 케임브리지 대학에 입학한 크리스토퍼는 제2차 세계 대전이 일어나자 영국 육군 공병대에 들어갑니다. 종전 뒤 스물일곱 살 때 복학했고, 졸업하고 나서 직장을 구하려고 애썼지만 '곰돌이 푸' 시리즈의 크리스토퍼 로빈의 모델이었다는 사실이 방해가 되어 취업하기가 쉽지 않았어요. 크리스토퍼는 깊은 고민 끝에 아내와 함께 군항 다트머스에 작은 책방을 열었습니다. 그의 결혼 상대는 다름 아닌 사촌 레슬리였어요. 그런데 책방을 운영하는 일과 사촌 레슬리와 결혼한 일에 부모는 불만이 많았지요. 어쩌면 크리스토퍼의 행동은 부모에 대한 반항의 표현이었다고 할 수도 있을 거예요.

크리스토퍼는 부모와 멀어졌고, 1956년에 심장병으로 세상을 뜬 아버지의 장례식에 참석한 것을 끝으로 어머니와도 평생 만나지 않았습니다. 어머니는 이 이후로 15년을 더 사셨는데도 말이지요.

작품에 등장하는 크리스토퍼 로빈의 명성은 실제 크리스토퍼의 삶을 어그러뜨렸고, '곰돌이 푸' 시리즈의 이례적인 성공 때문에 극작가가 아닌 아동문학가로 알려지게 된 아버지 밀른도 그 틀에서 벗어나지 못해 힘들어했습니다. 밀른이 쓴 극은 상연되는 일이 차츰 줄어들었고 결국 그는 깊은 실의에 빠진 채 생을 마감했어요.

하지만 크리스토퍼가 쓴 《수풀 사이로 난 길The Path Through the Trees》을 읽어보면 그의 인생이 '곰돌이 푸'의 환상에 짓눌리기만 한 것은 아닌 듯해요. 그는 작은 책방을 운영하면서 물리적으로나 정신적으로나 부모로부터 독립했고 진정한 자아실현을 해냈지요. 처음에는 아버지의 유산마저 포기하려 했지만, 심한 장애를 지니고 태어난 딸 클레어의 미래를 고려한 끝에 재산을 상속하기로 마음을 바꾸었어요. 클레어는 쉰여섯 살 때 세상을 떠났고, 남은 유산은

어느 여름날 해가 저물 무렵 길스 랩Gills Lap 근처에서 바라본 북서
쪽 풍경. 분홍 히스 꽃이 구름이 옅게 낀 하늘과 대비되어 돋보인다.

'마법의 장소' 갤리언스 랩Galleons Lap에는 소나무가 우거져 있어 멀
리서도 찾기 쉽다.

잉글랜드 남서부의 장애인을 위한 기금으로 쓰이고 있습니다. 크리스토퍼는 아버지를 원망하기도 했지만 영국 작가 앤 스웨이트Ann Thwaite가 1990년에 출간한 《A. A. 밀른의 삶A. A. Milne: His Life》을 읽고 아버지가 자신을 얼마나 사랑하고 자랑스러워했는지 알게 되었고, 비로소 아버지를 이해할 수 있었다고 해요.

하트필드에 펼쳐진 푸의 숲

그러면 한때 밀른 가족이 살았던 서식스의 하트필드Hartfield를 찾아가볼까요. 하트필드에서 남쪽으로 내려가면 애시다운Ashdown 숲의 길스 랩 지대가 나오는데, 이곳 높은 언덕이 작중에서 갤리언스 랩*이라 불리는 '마법의 장소'예요. 푸가 자주 놀던 곳이자 크리스토퍼 로빈과 헤어 *길스 랩과 갤리언스 랩은 동일시되기도 한다. 진 추억의 장소로 잘 알려져 있지요.《푸 코너에 있는 집》의 마지막 장에 푸와 로빈이 손을 잡고 소나무가 있는 언덕을 오르는 삽화가 실려 있는데, 이 삽화대로 소나무가 우거져 있어 쉽게 찾을 수 있습니다. 갤리언스 랩 주변은 온통 히스 꽃과 고사리 식물로 뒤덮여 있고, 나무들이 띄엄띄엄 서 있어요.

이제 동쪽으로 비스듬히 난 골짜기를 따라 내려가봅니다. '북극 타멈대'가 발견한 '노스 폴'이 지금도 어딘가에 있을 테지요. 골짜기에서 북동쪽으로 올라가면 백 에이커 숲으로 불리는 너도밤나무 숲에 도착합니다. 밀른이 어린 크리스토퍼를 데리고 자주 놀러왔던 곳으로, 나뭇가지 위에는 올빼미 아울의 둥지도 있었을 거예요.

백 에이커 숲에서 갤리언스 랩으로 돌아가 북쪽으로 조금 올라가봅니다. 왼편에 자리한 아담한 언덕 위에 밀른과 삽화가 쉐퍼드의 기념 명패가 있어요. 언덕을 내려와 다시 북쪽으로 얼마간 걸어 포징퍼드 숲Posingford Wood을 빠져나오면 '푸스틱 다리Poohsticks

위 밀른 가족이 살았던 코치퍼드 농장. 농가 세 채를 하나로 합친 구조가 독특하다. 3층의 다락방은 크리스토퍼가 사용했다. **아래** 포징퍼드 숲 변두리에 푸스틱 다리가 있다. 이곳에서 푸와 친구들이 나뭇가지를 던지며 노는 장면이 《푸 코너에 있는 집》에 나온다.

Bridge'라고 불리는 작은 나무다리를 만날 수 있습니다. 이 부근 산책로도 잘 정비되어 있어요. 세계 곳곳에서 찾아온 관광객들이 다리 위에서 푸가 했던 것처럼 나뭇가지를 던지며 승부를 겨루곤 해요.

코치퍼드 농장은 밀른 가족이 주말을 보냈던 별장이자 크리스토퍼 로빈과 푸가 살았던 집의 모델이에요. 오래된 농가 세 채를 이어 만들어 구조가 특이한 집으로, 뜰에는 로빈 석상, 푸와 친구들이 새겨진 해시계용 돌 받침대가 있지요.

일본어판 《곰돌이 푸》 A. A. 밀른 지음, 어니스트 하워드 쉐퍼드 그림, 이시이 모모코 옮김, 이와나미소년문고
한국어판 《곰돌이 푸 이야기 전집》 A. A. 밀른 지음, 어니스트 하워드 쉐퍼드 그림, 이종인 옮김, 현대지성

세계에서 가장 유명한 곰인 푸와 동물 친구들, 소년 크리스토퍼 로빈이 펼쳐보이는 따스한 이야기.

《비밀의 화원》

프랜시스 호지슨 버넷

'착하지 않은 주인공'의 매력

프랜시스 호지슨 버넷은 1849년 영국 맨체스터에서 태어났습니다. 버넷이 네 살 때 아버지가 세상을 떠나면서 그때까지 유복했던 일가의 생활은 급격히 기울기 시작했어요. 남은 가족은 미국으로 이주했지만 형편이 나아지지 않았습니다. 그래서 당시 18세였던 버넷이 가계를 돕고자 여성 잡지에 소설을 투고합니다. 이를 시작으로 버넷은 작가의 길을 걷게 되었어요.

버넷은 성인을 대상으로 한 작품도 많이 썼지만,《소공자Little Lord Fauntleroy》,《소공녀A Little Princess》,《비밀의 화원》과 같이 어린이와 청소년을 위해 쓴 작품들이 인기를 얻으면서 아동문학가로 자리를 굳히게 되어요. 만년에 쓴 《비밀의 화원》은 출간 당시 《소공자》나 《소공녀》처럼 유명해지지는 못했지만 지금은 버넷의 작품 중에서 가장 높은 평가를 받고 있습니다. 그 이유에 대해 생각해볼까요.

《소공자》와 《소공녀》의 주인공들은 저음부터 '착한 아이'로 등장합니다. 어떤 환경이나 처지에 놓여도 그들의 성품은 조금도 달

라지지 않지요. 완전히 어른들 시각에서 본 이상적인 아이의 모습
으로 묘사되어 있어요. 하지만 《비밀의 화원》의 주인공 메리는 귀
염성이 전혀 없는 얄미운 아이로 등장합니다. 다른 주인공 콜린도
제멋대로이고 까탈스러우며 늘 죽음을 두려워하는 병약한 아이예
요. 그런 메리와 콜린이 10년 동안이나 닫혀 있던 화원을 다시 살려
내는 과정을 통해 차츰 건강한 아이의 모습을 되찾아갑니다. 자연
이 주는 치유력으로 인해 두 아이가 매력적으로 변모해가는 모습
에서 느껴지는 신비로움과 긍정의 힘은 독자들을 매료하기에 충분
해요.

　버넷이 이 작품으로 빅토리아 시대 풍조에 사로잡힌 감상주의를
벗어던지고 20세기의 새로운 아동문학 영역을 개척했다고 해도 좋
을 거예요. 화원을 가꾸고 꽃과 나무, 작은 새들을 사랑하게 된 아
이들은 자연이 뿜어내는 건강한 생명의 힘을 한껏 받아들입니다.
등장인물들 사이에서도 마찬가지 연쇄 작용이 일어나지요. 메리
덕분에 바깥세상으로 나온 콜린이 자신의 본질과 마주하고, 디콘
과 마사가 두 아이를 행복하게 만든 것처럼요.

버넷에게서 새 생명을 얻은 장미 화원

버넷이 깊고 날카로운 통찰을 담아 시대를 앞선 작품을 쓸 수 있었
던 이유는 무엇일까요? 이 작품의 가장 중요한 키워드는 아마도
'화원Garden'일 것입니다. 버넷에게 화원은 인생을 살아갈 힘이자 기
쁨의 원천이었어요.

　어렸을 때부터 소설을 쓴 버넷은 훗날 영미권을 대표하는 작가
로 자리매김하면서 명예와 경제력을 손에 넣었습니다. 하지만 두
번의 결혼과 이혼, 아들의 죽음, 여성 작가를 향한 호기심 섞인 세
간의 시선, 병마와의 싸움 등으로 인해 많은 고통을 겪었어요.

위 버넷이 메이섬 홀Maytham Hall 저택에 남긴 화원. 6월이면 빨강, 하양, 분홍 장미가 만발하고 화원 가득 꽃향기가 감돈다. **아래** 뉴욕 센트럴 파크의 연못에 버넷을 기념하는 메리와 디콘의 동상이 세워져 있다.

영광과 좌절 사이에서 휘청거리는 버넷이 의지한 것은 다름 아
닌 장미 가꾸기와 뜰 손질이었어요. 1900년대 초, 잇단 불행에 힘겨
워하던 그를 위로해준 곳도 켄트 주 롤벤던Rolvenden 마을에 자리한
메이섬 홀(이후 그레이트 메이섬 홀로 이름을 바꾸었어요) 저택의
화원이었습니다. 버넷은 저택 한쪽에 버려져 있던 뜰(과수원)을
발굴해 장미를 잔뜩 심어 아름다운 화원으로 가꾸었고, 그렇게 스
스로를 격려하며 여러 명작을 써냈지요.*

《비밀의 화원》 출간 백 주년 기념 행사가
세계 곳곳에서 열린 해의 이듬해인 2012년,
나는 롤벤던 마을의 그레이트 메이섬 홀을
방문했어요. 관리실이 딸린 웅장한 문 안
으로 들어서자 4층짜리 벽돌 건물이 눈에
들어왔지요. 관리인 와트 씨가 건물 뒤편에 있는 화원으로 안내해
주었습니다.

*버넷은 1898년부터 1907년까지 메이섬 홀에 살았고, 1909년부터 《비밀의 화원》 집필에 착수한 것으로 추정된다. 메이섬 홀에 살았을 때 그곳에서 벽으로 둘러싸인 숨겨진 뜰을 발견한 버넷은 울새에게 이끌려 뜰로 통하는 문을 찾을 수 있었다고 전해진다. 버넷은 뜰을 장미 화원으로 가꾸는 한편 그곳 별채에서 항상 흰 드레스를 입고 글을 썼다.

철책 문 옆에는 '비밀의 화원The Secret Garden'이라고 적힌 명판이
달려 있었는데 이 글자를 본 것만으로도 가슴이 설렜어요. 잔디가
깔린 화원을 높다랗게 둘러싼 벽돌담은 장미 덩굴로 덮여 있었는
데 유감스럽게도 아직 시기가 일러 꽃은 볼 수 없었지요. 화원 중앙
에 늘어선 석조 아치들 아래에는 포장된 길이 쭉 깔려 있었습니다.
아치를 뒤덮은 장미 덩굴의 굵다란 줄기를 보면서 꽃이 만개하면
얼마나 아름다울지 상상해보았어요. 남서쪽 구석에 세워진 조그만
별채 옆은 불그스름한 장미 나무로 가득했습니다. "이 장미는 마담
로렛 메시미Madame Laurette Messimy예요. 버넷이 프랑스에서 들여와
심은 신품종 장미인데 해마다 6월에 탐스러운 연분홍 꽃을 피우
죠." 와트 씨의 설명을 들은 나는 내년 6월에 꼭 다시 오겠다고 약
속했어요.

위 4층짜리 건물인 그레이트 메이섬 홀. 뒤편에 '비밀의 화원'이 있다. **아래** 화원 입구의 철책 문. 옆에 '비밀의 화원'이라고 적힌 명판이 달려 있다.

화원 중앙에 늘어선 사각형 석조 아치에 장미 덩굴이 얽혀 초록빛
통로를 만들고 있다.

위 화원 구석에 있는 조그만 별채. 버넷이 흰 드레스를 입고 집필에 전념했던 곳이라고 한다. **아래** 버넷이 프랑스에서 들여와 심은 마담 로렛 메시미. 지금도 연분홍빛 꽃송이를 탐스럽게 피운다.

온통 붉게 물든 황야 뉵스 요크 무어스 North York Moors. 작품 초반에 메리가 마차에서 바라본 황량한 겨울철 모습과는 달리, 여름에는 화사한 히스 꽃이 한가득 피어난다

위 켄트 주에 자리한 '영국의 보물'이라고 불리는 시싱허스트 캐슬 화원Sissinghurst Castle Garden. 봄에는 진달래와 수선화로 알록달록해진다. **아래** 만개한 붉은 장미가 가득한 캐슬 하워드 화원Castle Howard Garden.

이듬해 6월 말, 설렘을 가득 품고 그레이트 메이섬 홀을 방문했습니다. 철책 문을 연 순간 향긋한 장미향에 휩싸였어요. 석조 아치들에는 분홍, 빨강, 하양 등 갖가지 색의 덩굴장미가 뒤엉키듯 얽혀 피어 있었는데 화사하고 우아한 모습에 탄식이 나올 지경이더군요. 버넷이 직접 마담 로렛 메시미를 심은 곳에도 가보았어요. 커다란 연분홍빛 꽃송이의 향기에 그만 넋을 잃고 말았지요.

그레이트 메이섬 홀을 나온 뒤에는 노스 요크셔의 몰턴Malton 근처에 있는 저택 캐슬 하워드와 히스로 뒤덮인 황야 노스 요크 무어스로 발길을 옮겼습니다. 캐슬 하워드는 작품 무대인 크레이븐 저택의 모델이라는 설이 있지만, 버넷은 노스 요크셔를 딱 한 번 방문했기에 사실일 가능성은 희박해 보여요. 그럼에도 캐슬 하워드의 드넓은 뜰 안에 있는 장미 화원이 너무 멋져서 과연 《비밀의 화원》이 떠오르게 되더라고요. 작품 초반부에 노스 요크셔의 황야는 겨울에 넓고 시커먼 바다처럼 보인다는 묘사가 나옵니다. 내가 찾았을 때는 여름이어서 자줏빛 히스 꽃으로 황야가 붉게 물들어 있었지요. 외국인인 나는 상상조차 해볼 수 없었던 아름다우며 신비로운 풍경이었습니다.

일본어판 《비밀의 화원》 프랜시스 호지슨 버넷 지음, 설리 휴즈 그림, 야마노우치 레이코 옮김, 이와나미소년문고
한국어판 《비밀의 화원》 프랜시스 호지슨 버넷 지음, 타샤 튜더 그림, 공경희 옮김, 시공주니어

인도에서 부모를 잃은 메리는 영국 요크셔의 거대한 저택에 사는 고모부에게 거두어진다. 그런데 이 저택에는 10년 넘게 아무도 발을 들여놓지 않은 '비밀의 화원'이 있었다.

로즈마리 서트클리프 작품 속 주요 장소

크루아찬 산

두나드 요새

안토니누스 방벽

덤바턴

카스텔룸 요새

브레메니움 요새

하비탄쿰 요새

하드리아누스 방벽

오넘 요새

코르스토피툼 요새

보르코비쿠스 요새

애버

세곤티움 요새

루투피아이 요새

칼레바 아트레바툼

소르비요데이넘

비그노어 로만 빌라

아룬델 성   쿰스 농장

《운명의 기사》

로즈마리 서트클리프

서식스에서 펼쳐지는 격동의 역사 이야기

고아 소년 랜달이 주인공으로 등장하는 《운명의 기사》는 웨스트 서식스 주에 있는 아룬델Arundel 성과 그 주변을 배경으로 한 이야기예요. 아룬델 성은 11세기에 잉글랜드를 정복한 윌리엄 1세의 신하 몽고메리에 의해 축성되었지만 16세기 이후에 노퍽 공작의 소유로 바뀌었어요. 그 뒤 대대적인 개축과 보수를 거쳐 지금의 아름다운 성으로 다시 태어났지요. 서쪽에 있는 다용도 요새Shell Keep는 12세기에, 성 입구 쪽 감시 망루는 13세기에 만들어졌는데, 둘 다 당시 모습 그대로 남아 있습니다.

랜달은 양친이 일찍 세상을 떠나는 바람에 고독하고 쓸쓸한 유년기를 보내요. 그래서인지 모든 일에 늘 소극적이었지요. 이런 애처로운 랜달에게 운명적인 사건이 일어납니다. 아룬델 성의 새로운 성주 일행이 성문에 다다랐을 때였어요. 성벽 총안에서 행렬을 구경하던 랜달은 먹고 있던 무화과를 실수로 떨어뜨립니다. 불행히

위 거대한 둔덕 위에 우뚝 선 아룬델 성의 다용도 요새. **아래** 작품 속에서 '가시덤불 언덕'으로 나오는 랜싱 링Lancing Ring 언덕에 하얀 산사나무 꽃(메이플라워)이 한가득 피어나 있다.

위 아룬델 성 입구의 감시 망루. 랜달은 초기 형태의 이곳 총안에서 무화과를 먹다 떨어뜨렸을 것이다. 랜달의 운명이 바뀐 장소라고 할 수 있다. **아래** 다용도 요새의 탑에서는 성주 일행이 지나간 출입로 주변과 해자 위에 놓인 다리가 보인다.

도 그 무화과 때문에 성주가 말에서 떨어질 뻔한 사고가 벌어지고 랜달은 끔찍한 채찍질 형을 명령받지만, 다행히 드 벨림 밑에서 일하는 악사 에루앙의 도움으로 간신히 벌을 면하게 돼요. 이 인연으로 랜달은 기사 에버라드 디에퀄런에게 맡겨지지요. 그리고 에버라드가 다스리는 딘 장원莊園에서 랜달은 에버라드의 손자이자 또래인 베비스를 만납니다. 둘은 어떤 사건을 계기로 깊은 우정을 나누게 돼요.

이 시기에 잉글랜드의 왕위 계승을 둘러싸고 윌리엄 1세의 장남이자 노르망디 공작인 로베르 2세와 윌리엄 1세의 넷째 아들이자 왕위에 오른 헨리 1세 사이에 싸움이 벌어지고, 그 여파가 마녀사냥의 형태로 딘 장원을 덮칩니다. 에버라드가 세상을 뜨자 손자 베비스가 기사 서임을 받게 될 예정이었는데, 베비스는 딘 장원 사람들이 지켜보는 가운데 기사가 될 것을 소망해 딘 장원에서 기사 작위를 받는 의식을 치르지요. 헨리 1세의 군대는 바다 건너 노르망디로 건너가 로베르 2세를 공격하지만 전쟁은 끝나지 않고 이듬해 여름까지 이어져요. 노르망디 출정 전날 밤, 가시덤불 언덕에서 베비스는 랜달에게 말합니다.

만약 올여름 우리가 노르망디에서 이긴다면, 잉글랜드인인 우리 노르만 족과 색슨족이 힘을 합쳐서 싸워 큰 승리를 거둔다면, 비로소 우리는 하나의 민족으로 거듭날 수 있을 거야.

전쟁은 헨리 1세의 승리로 끝나지만 베비스는 살아 돌아오지 못합니다. 대영주 필립 드 브라오스는 베비스 대신 랜달에게 1년간 딘 장원을 맡기려고 해요. 그런데 랜달이 노르망디에서 포로로 잡힌 악사이자 생명의 은인 에루앙의 몸값을 내겠다고 나서자, 필립 드 브라오스는 에루앙과 딘 장원 중 하나를 택하라고 요구하지요. 이

감동적인 결말은 반드시 직접 읽어보시길 바랍니다.

딘 장원을 찾아서

지금으로부터 약 20년 전, 딘 장원에 대해 막 조사하기 시작했을 때만 해도 서트클리프가 어느 지역을 작품 배경으로 삼았는지 알 길이 전혀 없었어요. 웨스트 서식스 주에 있는 드 브라오스 가문의 브램버Bramber 성터와 가시덤불 언덕(지금은 랜싱 링이라는 이름이 붙었습니다)을 지도에서 확인할 수 있을 뿐이었지요. 우선 가시덤불 언덕을 찾아가보기로 했어요. 언덕에는 이름 그대로 가시가 난 산사나무의 하얀 꽃(5월에 피는 꽃이라 '메이플라워'라고 불리기도 합니다)이 흐드러지게 피어 있었습니다. 꼭대기에는 드문드문 나무가 있었고요. 고대인이 5월 1일 메이데이 전날 밤에 벨테인 축제를 열면서 불을 피웠던 곳도 여기가 아닌가 싶었어요.

산사나무 숲을 제외하고는 나무 한 그루 찾아볼 수 없는 광대한 구릉을 오르내리기를 반복하며 걸어가다가 드디어 딘 장원이었을 법한 장소를 발견했습니다. 지금은 양을 기르는 목장으로 변했고, 태어난 지 얼마 안 되어 보이는 어린 양의 울음소리가 울려 퍼지고 있었어요. 그 옆에 옛날에는 예배당이었을지도 모르는 작은 석조 건물이 있는 것이 보였지요.

　그로부터 세월이 꽤 흐른 뒤, 서트클리프 작품의 애독자들과 함께하는 현지 기행을 준비할 때의 일이에요. 현재 쿰스Coombes라고 불리는 그 목축 농장에 방문 허가를 받으려고 연락을 했지요. 농장 주인 지니 씨가 보내온 답장에는 놀랍게도 이렇게 쓰여 있었어요.

　우리 농장은 서트클리프가 쓴 《운명의 기사》 속 딘 장원의 모델입니다.

랜달이 충성을 바친 대영주 필립 드 브라오스의 브램버 성터.
겨우 남겨진 벽 일부만이 옛날의 영광을 말해준다.

위 브램버 성터가 있는 기슭에 자리한 성 니콜라스St Nicholas 교회. 11세기에 성 거주민 전용 예배당으로 만들어졌다. **아래** 딘 장원의 모델인 농장 일대에 노르만족의 정복 직후에 세워진 교회가 보존되어 있고, 교회 안에는 사대 복음서 내용을 그린 벽화가 남아 있다.

어렸을 때 이 책을 읽으며 알게 된 사실이지요.

우리가 어떤 경이로움과 설렘을 품고 서식스로 여행을 떠났는지는 상상에 맡기겠습니다.

내가 과거에 본 예배당 같았던 작은 건물은 1080년대에 노르만 족에 정복당한 후 세워진 유서 깊은 교회였어요. 1100년대부터 그려진, 성경의 사대 복음서 내용이 담긴 벽화들이 아직도 남아 있는 오래된 유적으로, 두꺼운 돌벽에 칼자국이 잔뜩 나 있더라고요. "당시 기사들이 남긴 칼자국이라고 아버지가 자주 말씀하셨어요." 지니 씨의 설명을 듣고 난 뒤 나는 마치 베비스가 기사가 되기 전날 밤 이곳에서 밤샘 기도를 올리는 모습을 본 듯한 느낌이 들었어요. 그 후 지니 씨는 우리 일행을 대형 트랙터에 태워 이제는 목장이 된 딘 장원의 구릉으로 안내해주었습니다. 작품 속에도 등장하는 이곳에는 현재 자연 보호 구역으로 지정된 숲과 인공 못이 있어요. 에이더Adur 강 저편의 구릉지에 있는 영주 필립 드 브라오스의 브램버 성터도 보였지요.

기구한 운명을 살아온 랜달의 이야기는 서트클리프가 창작한 픽션이 아니라 중세 영국에 있었던 역사적 사실이었을 거예요. 멀리 내다보이던 초록빛 언덕을 떠올리며 지금도 그렇게 확신해봅니다.

일본어판 《운명의 기사》 로즈마리 서트클리프 지음, 이노쿠마 요코 옮김, 이와나미소년문고

노르만 왕조가 지배하는 11~12세기 잉글랜드. 랜달은 예기치 못한 일에 휘말려 기사 에버라드의 장원에 몸을 의탁하게 된다. 켈트족, 색슨족, 노르만족이 복잡하게 뒤얽힌 격동의 시대 속에서 기구한 운명의 랜달과 에버라드의 손자 베비스가 나누는 우정 이야기.

《독수리 군기를 찾아》

로즈마리 서트클리프

약 2천 년 전 세계를 선명하게 그려낸 서트클리프의 대표작

로즈마리 서트클리프는 1920년 런던 외곽에 있는 서리 주에서 태어났어요. 유복한 가정에서 자랐지만 어렸을 때 소아마비에 걸려 삶의 대부분을 휠체어 위에서 보냈지요. 젊은 시절에는 화가를 꿈꿨지만 역사를 주제로 한 청소년 소설을 쓰는 작가로 성공하게 됩니다. 그리고 끊임없이 노력한 결과, 작가로 활동한 약 40년 동안 50여 편의 작품을 남겼습니다.

서트클리프의 작품 가운데 가장 인기 있는 것은 《독수리 군기를 찾아》를 비롯한 로만 브리튼Roman Britain* 3부작이에요. 이 연작에서 서트클리프는 2세기부터 5세기까지를 배경으로, 한 가문에 속하는 세 주인

*브리튼이 로마 제국의 지배를 받던 시대 또는 지역을 말한다.

공을 등장시키지요. 이렇게 설정한 이유는 한때 브리튼을 정복했던 로마인과 피정복민 켈트계 브리튼족이 기나긴 세월 속에서 혈연관계를 맺고 융화함에 따라 새로운 민족이 탄생한 흐름을 아이들이 쉽게 이해할 수 있도록 전하고 싶었기 때문인지도 모릅니다.

위 고대 로마 제국이 잉글랜드 북부에 쌓은 하드리아누스 방벽. 독수리 상을 탈환한 마르쿠스와 에스카가 힘든 여정 끝에 도착한 보르코비쿠스Borcovicus 요새의 북쪽 벽과 이어져 있다. **아래** 고대 로마 장원 유적으로 유명한 비그노어Bignor 마을 강변은 귀여운 블루벨 꽃이 피어나면 온통 보랏빛으로 물든다.

이러한 의도는 《독수리 군기를 찾아》의 로마군 백부장 마르쿠스의 부인 코티아를 브리튼족으로, 친구이자 부하 에스카를 브리간테스 족으로 설정한 점에서도 드러나요.

변방을 수비하는 로마군 백부장 마르쿠스는 반란을 일으킨 브리 튼족과 싸우다 중상을 입어 더는 명예로운 군인으로 살 수 없게 되 어요. 마음을 터놓았던 브리튼족 크래독에게 배신당한 뒤에는 그 를 죽음으로 몰아넣고 고통스러워하지요. 하지만 에피다이족이 사 는 땅에서 제9군단의 독수리 군기를 찾아내 회수하는 데 성공하면 서 새로운 삶을 개척합니다. 목숨을 걸고 모든 여정을 함께한 에스 카와는 진정한 벗으로 남아요.

서트클리프가 쓴 작품들에는 공통적인 특징이 있어요. 모든 주 인공이 '몸과 마음에 장애가 있는 젊은이'라는 점이에요. 이 주인공 들은 일본어판 《왕의 표식》의 옮긴이 후기 속 표현처럼 "자신을 덮 친 고난과 역경에 정면으로 맞서 싸우며 길을 개척해나가는 동안, 살 가치가 있는 인생을 살아내기 위해 진정으로 필요한 것은 무엇 인지를 발견하"는 성장 과정을 밟아나갑니다.

이상을 추구하기 힘들고 의지할 곳을 찾기도 어려운 요즘은 정 말 살기 힘든 시대예요. 그런 와중에 서트클리프의 작품은 젊은 독 자들을 크게 격려하며 삶의 든든한 지침이 되어줍니다.

로만 브리튼의 세상으로 이끄는 현지 유적들

《독수리 군기를 찾아》를 일본어로 번역하고 서트클리프를 만난 적 이 있는 이노쿠마 요코에 따르면, 서트클리프는 작품을 집필할 때 평균 두 달에 걸쳐 관련 내용을 철저하게 조사했다고 해요. 역사적 사실을 철저히 조사한 뒤, 소재에 상상력을 버무려 실제 있었을 법 한 이야기를 탄생시킨 것이지요. 장애 있는 몸을 움직여 작품과 연

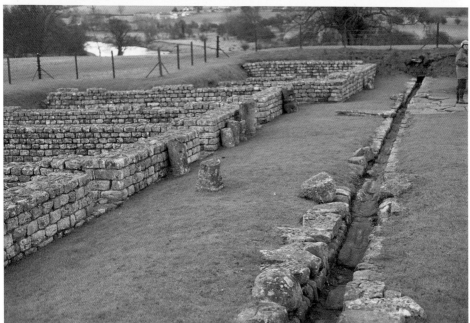

위 식민 도시 칼레바 아트레바툼Calleva Atrebatum의 성곽 동문 밖에 있는 원형 경기장 자리. 마르쿠스가 검투사 에스카의 목숨을 구한 곳이다. **아래** 하드리아누스 방벽의 또 다른 요새 칠러니엄Chilurnium*에 남아 있는 로마군 병영 터. 오른쪽에는 2천 년 전에 이용한 하수도 흔적이 보존되어 있다.

* 현재 카일러넘Cilurnum 혹은 체스터스 로만 요새Chesters Roman Fort로 알려져 있다.

관된 곳이라면 어디든 찾아가, 역사 기록만이 아니라 직접 눈으로 확인한 사실을 토대로 이야기를 만들어냈대요.

나도 《독수리 군기를 찾아》의 배경이 된 곳들을 돌아본 뒤 이 말이 진짜임을 수차례 실감했어요. 로만 브리튼 시대로부터 무려 2천 년이나 흘렀는데도 불구하고 각지에 무수히 많은 유적과 유물이 남아 있었습니다. 작품에 강한 현실성을 부여하고 있었지요.

이 작품의 중요한 소재이자 현재 레딩Reading 박물관에 전시되어 있는 '제9군단의 독수리'를 예로 들 수 있습니다. 고대 로마 제국의 식민 도시 칼레바 아트레바툼(지금의 실체스터Silchester 지역에 있습니다)의 신전 터에서 발견된 이 청동 독수리 상은 한때 로마 제9군단이 잃어버린 군기 장식으로 알려져 있었어요. 북부에서 사라졌을 장식이 어떻게 남쪽 도시에서 발견되었는지를 추리해서 만든 이야기가 바로 《독수리 군기를 찾아》인 것이지요. 하지만 최근 밝혀진 사실에 따르면, 이 독수리는 제9군단의 깃대 일부가 아니라 칼레바 신전을 꾸미는 데 썼던 장식상이라고 해요.

레딩에서 그리 멀리 떨어지지 않은 곳에 황폐해진 거대한 성벽에 둘러싸인 칼레바 아트레바툼이 있습니다. 발굴 작업이 끝난 지

작품 소재가 된 '독수리 상.' 한때 제9군단의 군기 장식으로 여겨졌다. 칼레바 신전 터에서 발굴된 유물로, 지금은 레딩 박물관에 전시되어 있다.

마르쿠스와 에스카는 어Awe 협만 언저리에 되찾은 '독수리 상'을 숨
기지만, 망토에서 떨어진 브로치 탓에 쫓기는 몸이 된다. 뒤쪽으로
크루아찬Cruachan 산이 보인다.

금은 평범한 경작지로 되돌아갔지만, 성곽 동문 밖에서 원형 경기장 흔적을 볼 수 있지요. 관중석이 높직하게 설치되어 약 4천 명을 수용할 수 있었다고 해요. 마르쿠스는 바로 이 자리에서 엄지손가락을 치켜들어 죽을 뻔했던 검투사 에스카를 구한 거예요.

잉글랜드 북방선 근처 하드리아누스 방벽에 있는 보르코비쿠스 요새(현재는 하우스스테즈Housesteads 요새라고 불립니다)는 '독수리 상'을 되찾은 마르쿠스 일행이 고생 끝에 다다른 곳이에요. 무려 1천 명의 병사가 주둔했던 최대 규모의 요새로, 사령부, 막사, 병원, 창고, 화장실 등이 자리했던 곳에서 고대 로마군의 생활상을 그려 볼 수 있습니다.

'독수리'를 감추었던 하일랜드 지방의 협만

탐방에서 가장 기억에 남은 곳은 마르쿠스와 에스카가 안과 의사와 하인 행세를 하며 '독수리 상'을 찾아 떠돌던 칼레도니아, 즉 지금의 스코틀랜드 하일랜드 지방이었어요. 에피다이족이 살았던 크루아찬 산 기슭에서 어 협만이 서쪽으로 뻗으며 은빛으로 빛나고 있었지요. 이 협만은 마르쿠스를 돕던 에스카가 독수리 상을 숨긴 곳이자, 헤엄치려고 망토를 벗다가 브로치를 떨어뜨린 장소입니다. 비록 소설 속 이야기일 뿐이지만, 협만에 뜬 작은 섬을 감싸며 휘도는 물결을 직접 보니 '어쩌면 여기였을까?'라는 생각이 절로 들더라고요.

가파른 고갯길을 올라 협만이 한눈에 내려다보이는 곳에 도착했습니다. 신록에 둘러싸인 물 위에 섬 두 개가 떠 있는 모습은 무척이나 아름다웠어요. 언덕을 내려오던 도중에는 들판에서 로마군이 돌을 깔아 군용 도로 같은 것을 만들었던 흔적을 발견했습니다. 그 순간 나는 서트클리프가 이곳을 방문했을 거라고 확신했어요. 역

크루아찬 산 중턱에서 내려다본 어 협만. 작은 섬이 두 개 떠 있다.
마르쿠스와 에스카가 찾아간 에피다이족 마을은 이런 산속에 있었
을지도 모른다.

웨스트 서식스 주에 있는 비그노어 로만 빌라Bignor Roman Villa. 감탄이 절로 나오는 모자이크들이 전시되어 있다.

왼쪽 유피테르의 상징인 독수리와 가니메데를 표현한 모자이크. **오른쪽** 돌고래 모자이크. 분위기와 형태가 마르쿠스 일가의 가문家紋과 비슷하다.

사적 사실이 발휘하는 박력에 압도되었고, 진실이 뒷받침해주는 서트클리프의 창작력의 원천을 발견한 듯한 느낌이 들었지요.

결말에서 마르쿠스는 나라에 공헌한 대가로 웨스트 서식스 주에 자리한 장원을 받습니다. 정확한 위치는 나오지 않지만, 1811년에 발견된 고대 로마 장원 비그노어 로만 빌라가 모델인 것으로 보여요. 서트클리프의 자택 근처에 있는 이 유적에는 유피테르(제우스)를 상징하는 독수리와 트로이의 왕자 가니메데를 새긴 모자이크, 돌고래 모자이크 등이 남아 있어요. 어쩌면 서트클리프는 여기서 본 돌고래를 마르쿠스 일가의 가문으로 삼았을지도 모르겠네요.

일본어판 《제9군단의 독수리》 로즈마리 서트클리프 지음, 이노쿠마 요코 옮김, 이와나미소년문고
한국어판 《독수리 군기를 찾아》 로즈마리 서트클리프 지음, 김민석 옮김, 시공사

2세기경, 로마군 백부장 마르쿠스는 전투에서 브리튼족을 상대하다가 부상을 입고 제대한다. 갑자기 행방불명된 아버지의 군단과 군단의 상징인 '독수리 상'을 찾아, 마르쿠스는 노예 검투사 출신 에스카와 함께 북쪽으로 길을 떠난다.

《The Lantern Bearers》 Rosemary Sutcliff

《횃불을 든 사람들》

로즈마리 서트클리프

아서왕 전설을 소재로 삼은 카네기상 수상작

《횃불을 든 사람들》은 《독수리 군기를 찾아》, 《은 가지The Silver Branch》
로 이어지는 로만 브리튼 3부작의 마지막 작품입니다(1980년에 쓰
인 《변방의 늑대》를 포함해 4부작이라고 칭하는 경우도 있어요).

4세기 후반, 픽트족, 스코트족, 색슨족의 끊임없는 공격으로 브
리튼을 지배하던 로마군은 위기를 맞이해요. 서기 410년, 호노리우
스 황제는 결국 브리튼을 포기하고 로마군을 철수하기로 합니다.
로마군 장교인 브리튼족 아퀼라는 군대를 이탈해 고향으로 돌아갑
니다만, '바다의 늑대'라 불리는 색슨족의 공격을 받게 되지요. 아
버지는 사망하고 여동생은 끌려간 데다, 아퀼라 또한 노예가 되어
위랜Jylland 반도(현재 대부분 덴마크 영토예요)로 가게 됩니다. 하
지만 주트족이 브리튼을 재침공하는 사이에 아퀼라는 색슨족의 아
내가 된 여동생의 도움으로 탈출한 다음 브리튼족의 지도자 암브
로시우스의 부하가 되어요. 훗날 암브로시우스군의 지휘관으로서
색슨족과 싸워 대승리를 거두지요.

3세기 후반에 지어진 거대한 석조 요새 루투피아이Rutupiae는 브리
튼을 지배한 로마 제국의 요충지였다.

아퀼라를 신하로 받아들여 함께 색슨족에 맞서 싸운 이 작품 속 암브로시우스는 아무래도 아서왕을 모델로 한 인물인 것 같아요. 아서왕 전설에 나오는 원탁의 기사들과 기네비어 왕비는 등장하지 않지만요(아서왕이 실존 인물이라는 설도 있지만 기록이 남아 있지 않아 역사적으로 증명하기는 어렵습니다). 이 작품에서 암브로시우스는 로마 혈통을 지닌 브리튼족으로 등장하며, 브리튼을 침략한 색슨족에 맞서 싸웠던 영웅적 측면이 강조됩니다. 즉 중세 기사도 로망의 특징은 덜어내고, 로마군이 브리튼에서 철수한 후 브리튼족이 웨일스를 거점으로 삼아 색슨족과 맞붙은 역사적 사실을 바탕으로 그려냈지요.

로마 제국 시대의 등대가 남아 있는 성과 요새

이제부터는《햇불을 든 사람들》의 배경이 된 주요 장소들을 소개할게요. 작품 속 중요한 '햇불' 장면에 나오는 루투피아이 요새(현재 켄트 주 리치버러에 있어요)는 로마와 브리튼을 연결하는 중요한 기지였습니다. 3세기 후반에 건설되었으며, 서쪽 일부에 거대한 돌벽이 남아 있어 전체 규모를 짐작할 수 있지요. 이 요새는 약 2천 년 전에는 바닷가에 있었으나 점차 지반이 융기함에 따라 지금은 해안선과 거리를 두게 되었어요. 요새에는 '파로스Pharos'라는 등대가 있었는데 오래전에 부서져 지금은 찾아볼 수 없고요. 다만 가까운 항구 도시 도버의 중세 시대 건축물 '도버 성'에 로마가 축조했던 등대*가 남아 있어, 이를 참고로 루투피아이 요새에 있었을 등대의 모습을 추측할 수 있습니다.

*루투피아이 요새와 도버 성의 등대 모두 '파로스'라고 불렸다. 파로스는 등대를 뜻하는 옛날 말이다.

웨일스는 암브로시우스의 군대가 한동안 주둔했던 지역으로, 작품 속 장면들을 떠올리게 하는 역사적 자취가 곳곳에 남아 있어요.

도버 성에 남아 있는 등대의 일부. 로마 제국 시대에 지어진 것으로,
현재 소실된 루투피아이 등대와 마찬가지로 로마에서 들어오는 갤
리선을 안내하는 역할을 했다.

'흰 조개의 애버Aber of the White Shells' 해안도 바로 그렇고요. 이 근처에 현재 애버라는 마을이 있고, 여기서부터 자갈 깔린 얕은 해변이 펼쳐져 있어요. 해변 뒤쪽에 솟은 높은 산등성이에는 당시 로마 군대가 다녔던 길이 남아 있습니다. 브리튼 왕 보티건의 세 아들 '젊은 여우들'이 아버지에 대항해 암브로시우스와 동맹을 맺은 뒤, 기병대를 이끌고 이 길을 달려오는 장면이 작품 속에 나옵니다. 동맹군이 바다를 건너 침략해온 스코트족을 무찌르면서 새로운 유대가 생겨나고요. 이야기에 강한 생명력을 불어넣어준 애버 해안선이 지금도 눈에 선하군요.

애버에서 남서쪽으로 조금 이동해서 앵글시 섬이 눈앞에 보이는 카나번 시에 가볼까요. 이곳 언덕에 세워진 세곤티움Segontium 요새는 서기 77, 8년경 이곳 총독이었던 아그리콜라가 만든 곳으로, 막사, 곡물 창고, 사령 본부 자리가 가지런히 남아 있습니다. 작품 속에서는 이미 폐허가 된 곳이고, 여기서 해안 수비대가 스코트족 침략선이 오는지 감시했지요. 요새터에는 예전에 로마를 방문했을 때 본 소나무 가로수와 닮은 소나무들이 드높이 자라 있었는데, 어쩌면 2천 년 전 로마 병사들도 이 소나무들을 보며 고향 풍경을 떠올렸을지도 모르겠어요.

마지막으로 아퀼라군과 색슨족이 큰 전투를 벌였던 소르비요데이넘Sorviodunum(현재는 올드 새럼Old Sarum이라고 불러요) 일대를 소개할게요. 이곳은 철기 시대부터 로마 제국 시대까지 요새로 쓰이다가 중세에 솔즈베리라는 도시를 이루었습니다. 규모가 아주 컸고 깊게 판 해자로 둘러싸여 있었지요. 아서왕 군대가 베이던이라는 언덕에서 전투를 치러 큰 승리를 거두었다는 전설이 전해져 오는데요, 어쩌면 서트클리프는 소르비요데이넘 일대를 그 전투 장소로 설정한 건지도 몰라요.

위 썰물 때는 습지로 바뀌는 '흰 조개의 애버' 해안. 이곳에서 아퀼라군과 스코트족이 격전을 벌였다. **아래** 웨일스 북부 가까이에 있는 데바Deva 요새(잉글랜드의 체스터 시에 위치)는 로마군 주둔지였다. 당시 성벽과 원형 경기장 등이 남아 있다.

위 호수 너머에 솟은 어르 위드파Yr Wyddfa 산 (스노우든Snowdon 산). 작품 속에서 암브로시우스의 요새는 이 근처에 자리했다. **아래** 서기 77, 8년경에 세워진 세곤티움 요새는 카나번 성에서 가까우며 로마 제국 지배 날기까지 군대가 주둔한 곳이다.

위 아퀼라가 이끄는 소대는 두로브리바에Durobrivae(현재의 로체스터)에 있는 강 위 다리에서 색슨족과 격돌했다. **아래** 결전 전날 밤에 아퀼라군이 진을 쳤던 피즈베리 링Figsbury Ring. 풀로 덮인 둑에 둘러싸여 있다.

작품의 제19장은 이렇게 시작합니다.

브리튼군은 소르비요데이넘에서 몇 킬로미터 떨어진 곳에 있는 오래된 토탄 언덕 요새에 진을 쳤다.

이 한두 줄짜리 문장을 실마리로 삼아 소르비요데이넘에서 동쪽으로 몇 킬로미터 간 나는 그곳에서 피즈베리 링이라고 불리는 요새 터를 발견했어요. 요새를 나지막하게 둘러싼 둑에 올라 살펴보니 아퀼라와 병사들이 결전에 앞서 진을 쳤던 바로 그 초원이더라고요. 나는 수천 년 전에 살아 움직였던 병사가 된 듯한 착각에 빠져 한동안 멀거니 서 있었지요. 뒤를 돌아보니 소르비요데이넘에서 칼레바 아트레바툼으로 이어지는 길이 언덕 사이로 어렴풋이 빛나고 있었어요.

일본어판 《햇불을 들고》 로즈마리 서트클리프 지음, 이노쿠마 요코 옮김, 이와나미소년문고
한국어판 《햇불을 든 사람들》 로즈마리 서트클리프 지음, 공경희 옮김, 시공사

로마군 장교 아퀼라는 브리튼에서 철수하는 군대에서 이탈해 고향에 머물기로 한다. 격동의 시대 속에서 역사에 휘말린 사람들을 그려낸 작품으로, 서트클리프의 최고 걸작으로 손꼽힌다.

《변방의 늑대》

로즈마리 서트클리프

서부 영화에서 아이디어를 얻은 전쟁담

젊고 미숙한 백부장 알렉시오스는 복무지에서 반란이 일어나자 조기 후퇴라는 그릇된 판단을 내려 많은 병사를 죽음으로 내몹니다. 결국 로마 제국의 최북단 요새인 카스텔룸Castellum의 사령관으로 좌천을 당하는데, 그곳을 지키는 부대는 정식 지방군이 아니라 '변방의 늑대'라 불리는 병사들이었어요.

이 변방에서 지내던 알렉시오스는 어떤 사건을 계기로 현지 부족 보다디니족이 반란을 일으키자 부상병을 포함한 모든 부대원과 함께 후퇴합니다. 간신히 후방의 브레메니움Bremenium 요새에 다다르지만 이미 이곳 수비군도 전멸한 상태였어요. 추격해온 보다디니족의 공격으로 모두 전사할 위기에 놓이자 알렉시오스는 한때 우정을 나누었던 족장 쿠노릭스에게 일대일 결투를 제안해요. 알렉시오스는 친구 쿠노릭스를 죽이면서 심한 부상을 입고 말지요. 하지만 알렉시오스와 부대원들은 이 대결로 잠시 시간을 벌 수 있었고, 마침 브레메니움의 생존해 있던 순찰대가 도착한 덕분에 겨

위 한때 최전선 기지로 쓰였던 브레메니움 요새의 서문 흔적. **아래** 안토니누스 피우스 황제가 스코틀랜드 공략 때 건설한 안토니누스 방벽이 있던 곳. 흙벽과 도랑으로 이루어져 있었다. 지금은 대부분 소실되었다.

우 숨을 돌립니다. 두 부대는 함께 하비탄쿰Habitancum 요새로 도피
하지만 바로 위기를 맞닥뜨리고, 마침내 하드리아누스 방벽의 오
넘Onnum 요새로 무사히 후퇴하지요. 이곳을 방문한 로마 황제 콘스
탄스 1세는 알렉시오스에게 명예로운 직책을 주려 하지만 알렉시
오스는 앞으로도 외진 곳에서 '변방의 늑대'들과 함께하겠다고 다
짐합니다.*

*이 작품에는 처음의 그릇된 판단을 반복할
수밖에 없는 처지에 빠진 알렉시오스의 고
뇌와 성장이 담겨 있다.

　《변방의 늑대》는 서트클리프가 슬럼프
에 빠졌을 때, 즐겨 보던 서부 영화에서 아
이디어를 얻어 만든 작품입니다. 앞서 나온 로만 브리튼 3부작《독
수리 군기를 찾아》,《은 가지》,《횃불을 든 사람들》은 모두 주인공
이 조직을 벗어나 스스로의 힘으로 나아갈 길을 찾아내는 이야기
인데,《변방의 늑대》는 처음부터 끝까지 정해진 규율을 반드시 따
라야 하는 군대와 그 병사들에 관한 이야기예요. 이 작품의 일본어
판 옮긴이 후기에는 다음과 같은 글이 실려 있습니다. "개인은 자신
이 속한 조직과 어떤 관계를 맺는가? 하나의 조직 속에서 자유롭게
살아갈 가능성은 얼마나 존재하는가? 또 조직의 통솔자라면 어떤
자질을 가지고 있어야 하는가?" 현대 사회에서도 풀기 어려운 문
제의식을 담았다는 점에서《변방의 늑대》는 로만 브리튼 3부작을
뛰어넘는 걸작이라고 할 수 있어요.

　《변방의 늑대》에서 눈여겨보아야 할 부분은, 이야기의 무대가
된 브레메니움 요새와 하비탄쿰 요새가 영국인들조차 잘 모르는
곳에 있는데, 여기서 출토된 여러 유물이 작품에 사실성을 부여한
다는 점이에요. 나는 작품의 무대가 된 곳들을 직접 돌아보면서 서
트클리프의 철저한 시대 고증 정신에 깊은 감동을 받았지요.

스코틀랜드 '변방'에 남아 있는 로마 군단의 발자취

이번 탐방에서는 가장 먼저 카스텔룸, 즉 크래몬드Cramond 요새를 찾았어요. 스코틀랜드 에든버러 외곽의 크래몬드 마을에 있는 요새로, 알렉시오스가 '변방의 늑대' 부대를 맨 처음 후퇴시킨 곳이지요. 안토니누스 피우스 황제의 명으로 로마군이 스코틀랜드를 공격했던 서기 140년대에 지어졌으며, 약 70년 뒤에는 스코틀랜드로 원정을 온 셉티미우스 세베루스 황제가 사용하기도 했어요. 작품 속에서는 4세기 전반에 알렉시오스가 이 요새를 수비한 것으로 설정되어 있는데, 실제로 로마군이 이 요새를 그때까지 썼을 가능성은 적어 보입니다.* 현재 이곳 교회 경내에 요새터가 남아 있어서 사령부, 막사, 곡물 창고 자리 등을 볼 수 있지요. 근방에서 발굴된 '크래몬드 사자상'은 사자(로마군)가 인간(변방 이민족)을 잡아먹는 형태이고, 현재 스코틀랜드 국립 박물관에 전시되어 있어요.

*안토니누스 피우스 황제는 북부 부족들의 공격을 방어하고 북부를 공략하기 위해 142년경에 약 60킬로미터에 달하는 안토니누스 방벽의 건설을 명했고, 크래몬드 요새도 비슷한 시기에 세워졌다. 안토니누스 방벽은 160년대까지 사용되었고 이후 로마 군단은 하드리아누스 방벽으로 물러났다. 크래몬드 요새는 주로 170년대까지 사용되었다고 한다.

    이어서 알렉시오스 부대가 후퇴해 도착한 브레메니움 요새를 방문했어요. 2~3세기에 걸쳐 세워진 이 요새는 스코틀랜드와 가까운 잉글랜드 노섬벌랜드 주의 로체스터 마을에 남아 있습니다. 로마 군단이 하드리아누스 방벽으로 철수한 뒤에도 오랫동안 전선 기지로 쓰였고, 작품 속에서는 알렉시오스가 족장 쿠노릭스와 일대일 결투를 벌인 곳으로 나와요. 현재는 사유지지만 남쪽 벽의 서편 중간중간에 세워진 망대의 흔적, 서문, 남서쪽 모퉁이에 있는 돌벽에서 지난날의 위용을 느낄 수 있어요. 또 목욕하는 비너스를 새긴 물 탱크, 미네르바에게 바쳤던 제단, 병사들의 묘비 등이 발굴되어 현재 뉴캐슬 대학 부속 핸콕 박물관Great North Museum: Hancock에 전시

아그리콜라 총독이 1세기에 이끈 로마군의 트리몬티움Trimontium 요새 건설을 기념하여 1938년에 세워진 비석.

왼쪽 고대 로마에서 숭배했던 미트라스 Mithras의 조각상. 우주의 알에서 부화 했다고 전해지는 신이다. **오른쪽** 《변방 의 늑대》 속 '반항적인 시리아인 궁수' 석상. 보르코비쿠스 요새에서 발굴됐 다. (둘 다 핸콕 박물관 소장.)

되어 있습니다.

마지막으로 방문한 곳은 하비탄쿰 요새예요. 이곳에서 위기를 마주한 알렉시오스 부대는 오넘 요새까지 후퇴하지요. 지금은 양떼 목장으로 바뀌어, 언덕 돌담에서만 옛 요새의 흔적을 찾아볼 수 있습니다. 이곳에서 발굴된 셉티미우스 세베루스 황제의 요새 재건 기념비, 제단, 묘비 등의 유물이 핸콕 박물관에 전시되어 있어요. 당시 로마군의 활약상을 짐작할 수 있지요.

《변방의 늑대》 제4장에서 백부장 힐라리온이 이렇게 이야기합니다.

> 내가 태어나기 훨씬 전, 혹은 내게 아버지가 있었다면 그가 살던 시대에 말이죠, 이 부대에 반항적인 시리아인 궁수들이 들어왔습니다. 자신들이 쓰던 활과 화살도 가지고 왔지요. 바로 이 짧은 활인데, 말을 몰며 쏘기에 안성맞춤이었어요. 그런 연유로 현재 우리 모두 기마 궁수인 겁니다.

실제로 핸콕 박물관에는 시리아에서 왔다는 궁수 석상이 전시되어 있었어요. 이 일대에 진짜로 궁수 부대가 존재했던 거예요.

일본어판 《변방의 늑대》 로즈마리 서트클리프 지음, 이노쿠마 요코 옮김, 이와나미소년문고

젊은 사령관 알렉시오스는 브리튼으로 좌천당한다. 저물어 가는 로마 제국의 변방에서 '늑대'로 불리는 부하들, 인근 부족민들과 인연을 쌓아나가던 도중 큰 위기와 결단의 순간들에 맞닥뜨린다.

《왕의 표식》

로즈마리 서트클리프

로마군에 맞선 스코틀랜드 거주민 이야기

1965년, 로즈마리 서트클리프는 《왕의 표식》을 출간합니다. 지난 10년간 서트클리프가 발표한 로만 브리튼 3부작은 로마군 시점에서 서술되었어요. 하지만 이 작품은 로마 제국 지배에 대항하는 이민족 쪽에서 바라본 이야기예요.

당시 스코틀랜드에는 두 민족이 살고 있었어요. '칼레도니아족'(칼레도니아족을 중심으로 한 연합 부족을 픽트족이라고 불러요)과 '달리아드'* 또는 '게일'이라 칭하던 스코트족이지요.** 달리아드족은 남성인 '태양신'을 숭배하지만 칼레도니아족은 여성인 '대지신'을 모시며 모계를 통해 왕위를 세습했어요. 《왕의 표식》은 요새 도시 코르스토피툼Corstopitum의 노예 검투사인 파이드로스가 경기장에서 친구를 죽이고 자유의 몸이 되는 이야기로 시작합니다.

*주로 '달 리아타Dál Riata' 또는 '달 리아다 Dál Riada'로 알려져 있다. 작품 속에서는 달 리아드Dalriad로 표기되어 있다.

**픽트족은 철기 시대부터 브리튼의 칼레도니아에 산 켈트족 계열로 추측되며, 11세기경에 스코트족에 동화되었다. 스코트족은 브리튼 북부로 넘어온 아일랜드의 게일족에서 유래했다. 로마군이 브리튼에서 철수하자 픽트족과 스코트족에게 공격받은 남부 켈트계 브리튼족은 바다 너머에 사는 앵글족과 색슨족 등의 힘을 빌리려 했으나 오히려 이들에게 지배당해 쫓겨났다. 이후 앵글로색슨의 나라, 잉글랜드가 탄생했다.

두나드Dunadd 요새 정상의 크고 평평한 바위에 난 발자국. 왕위를
계승하는 의식 때 사용되었다고 일컬어진다. 서트클리프는 이 발자
국을 작품 속에 멋지게 녹여냈다.

그 후 파이드로스는 술집에서 일어난 언쟁에 휘말려 감옥에 갇히게 되어요. 그런데 그의 용모가 달리아드족의 왕자 미디르와 매우 닮았던 까닭에 그는 미디르의 대역이 되어 달리아드족 왕국의 수도이자 요새인 두나드로 가게 됩니다.

태양신의 민족인 달리아드족은 부계 세습을 원칙으로 삼았어요. 그러나 그들이 오래전 정복해 결합한 에피다이족은 칼레도니아족과 같은 모계 세습 민족으로, 이곳 왕은 왕비에게 아이를 갖게 하는 존재로만 여겨지고 있었지요. 달리아드족의 왕이 죽자 아들인 미디르가 왕위를 이어야 했지만, 왕의 이복 여동생인 리아단이 모계 세습 제도를 받아들여 미디르를 제치고 권력을 장악합니다. 리아단은 조카 미디르의 눈을 멀게 하고 승계권을 빼앗은 뒤 7년 동안 달리아드족을 지배해요.

달리아드족의 유지들은 왕자 미디르를 빼닮은 파이드로스를 내세워, 리아단 여왕이 지목한 후계자의 즉위식이 진행되는 도중 반란을 일으킵니다. 하지만 리아단의 남편 로기오레 왕을 죽이는 데는 성공했어도 리아단을 살해하는 데는 실패하지요. 리아단은 칼레도니아족에게로 도망치고, 리아단과 손잡은 칼레도니아족 대군

코르스토피톰 입구에 있던 사자 석상. 현재 코브리지Corbridge의 박물관에 전시되어 있다.

위 코르스토피툼 가운데에 세워진 신전. 물을 끌어와 만든 샘이 있었다. **아래** 킬마틴Kilmartin 일대에 남아 있는 신석기 시대의 환상 열석 Stone Circle. 거대 선돌이 둥글게 줄지어 놓인 유적이다.

위 '모인 모하Mòine Mhòr'* 습원 지대에 우뚝 솟아 있는 두나드 요새.
먼 옛날 달리아드족의 수도였다. **아래** 두나드 요새가 있는 견고한
바위산을 기슭에서 바라본 모습. 물이끼 요새의 다섯 구역을 지나
면 산마루에 다다른다.

*'거대한 이끼 지대Great Moor'라는 뜻이다.

이 공격해오자 파이드로스의 군대가 계책을 써서 보기 좋게 무찌릅니다. 그러자 리아단은 로마군의 시오도시아 요새로 다시 달아나고, 승산이 없다고 본 파이드로스는 시오도시아 요새로 몰래 잠입하지만 로마군에게 사로잡히고 말아요. 그러나 눈 먼 미디르가 리아단을 껴안은 채 성벽에서 몸을 던짐으로써 파이드로스의 군대는 목적을 달성하게 됩니다.

　한편 로마군 사령관은 붙잡힌 파이드로스에게 그의 목숨과 달리아드족 측 젊은 군인 1천 명을 맞바꿀 것을 제안해요. 파이드로스는 협상에 응하는 척하면서 요새 밑의 아군에게 로마군의 제안을 거부하겠다고 전한 뒤, 브로치에 달린 핀으로 심장을 찌르고 성벽에서 뛰어내립니다. 파이드로스는 비록 해방 노예 신분이었지만 달리아드족의 왕이라는 자부심 속에서 삶을 마감하지요.

하일랜드의 장대한 풍광에 남은 유적들

스코틀랜드 북서쪽 하일랜드 지방에는 파이드로스의 뜨거운 삶을 그려내기에 적합한 무대가 많이 있어요. 대도시 글래스고에서 버스를 타고 약 3시간에 걸쳐 서쪽 산맥과 고요한 호수를 지나면 로크길프헤드Lochgilphead 마을이 나옵니다. 이곳에서 북쪽으로 뻗은 킬마틴 협곡Kilmartin Glen은 영국에서 고대 유적지가 많기로 손꼽히는 곳이에요. 킬마틴 마을을 중심으로 요새, 선돌, 분묘, 상자형 석관, 바위 그림 등 350여 개의 유적과 유물이 흩어져 있지요.

　여기서 특히 주목해야 할 곳은 《왕의 표식》의 주 무대인 달리아드족의 두나드 요새예요. 두나드 요새는 모인 모하라는 광활한 습원 지대에 우뚝 솟은 약 50미터 높이의 바위산에 있어요. 바로 북쪽에는 애드Add 강이 있고요. 이 강 근처에 있는 요새라서 게일어로 '둔 애드Dun Add'라고 불리다가 '두나드Dunadd'라는 이름이 생겨났

덤바턴 록Dumbarton Rock에 남아 있는 성벽. 파이드로스가 극적인
최후를 맞이한 장소이다.

대요. 험준한 바위산 정상에는 거대하고 평평한 바위가 존재하는데, 《왕의 표식》에서 파이드로스가 왕위에 오르면서 발을 내디딘 자리(왕위 계승식 때 사용되었던 발자국 모양으로 팬 곳)가 그 위에 있습니다. 전사들이 즐겨 사냥했을 멧돼지 그림과 고대 아일랜드어의 오검 문자도 희마하게나마 볼 수 있지요.

　킬마틴 마을의 작은 박물관에는 고대 철검과 창날, 버드나무 가지로 엮은 뒤 가죽으로 덮은 작은 돛단배 등도 진열되어 있었어요. 파이드로스가 뱃사공과 함께 소금 호수를 건넜을 때 탄 작은 배는 바로 이런 조각배였을 거예요.

이번 탐방에서 빼놓을 수 없는 곳은 파이드로스가 장렬히 죽음을 맞이한, 로마군의 소위 '시오도시아 요새'가 있었다고 추측되는 곳이에요. 덤바턴 록 일대는 로마 해군의 대형 보급지였고, 아그리콜라 총독이 통치하던 시대에는 갤리선이 이곳과 클루타Cluta 만을 빈번히 오갔다고 해요. 하지만 파이드로스가 이곳에 왔을 때는 이미 낡아버린 전초 기지였지요. 로마 제국이 퇴각한 뒤 이곳 덤바턴 일대는 '알트 클뤼트Alt Clut' 왕국이라고 불렸고, 덤바턴 록에 이르기까지 견고한 요새가 여럿 만들어졌습니다. 그런데 로마 제국 시대

 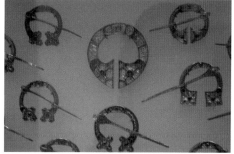

왼쪽 킬마틴의 박물관에 전시된, 버드나무 가지로 엮은 조각배. 파이드로스는 이런 배를 타고 소금 호수를 건넜다. **오른쪽** 픽트족이 만든 정교한 브로치. 파이드로스가 심장에 찔러넣었을 듯한 바늘도 보인다.

에 여기에 실제로 시오도시아 요새라는 것이 존재했다는 사실을 증명할 만한 유적은 남아 있지 않아요. 그래도 일대에 남아 있는 성벽에 올라 아래를 내려다보니 용맹하게 최후를 맞이한 파이드로스를 본 듯한 기분이 들었어요.

마지막에는 잉글랜드 북부의 코브리지 마을을 찾았어요. 파이드로스가 노예 검투사로 살았던 코르스토피툼 요새 및 식민 도시 흔적이 박물관에 보존되어 있었습니다. 친구를 죽인 날 밤, 파이드로스가 들른 술집 근처 광장의 샘도 볼 수 있었지요. 아직 발굴되지 않은 곳이 많아서 원형 경기장은 발견되지 않은 점이 아쉽더라고요.

일본어판 《왕의 표식》 로즈마리 서트클리프 지음, 이노쿠마 요코 옮김, 이와나미소년문고

로마의 노예 검투사 파이드로스는 왕위를 빼앗기고 눈까지 먼 달리아드족 왕자 미디르의 대역을 맡게 된다. 여왕 리아단에게 복수하고 왕위를 되찾기 위해 벌어지는 치열한 전투 속에서 파이드로스는 조금씩 진짜 '왕'으로 성장해간다.

흐린 하늘 아래 펼쳐진 거친 들판과 방벽

이와나미소년문고판 표지 사진

이케다 씨의 슬라이드 사진을 처음 본 것은 언제였을까? 도쿄어린이도서관에서 열린 슬라이드 상영회 때였는지, 아니면 어린이 서적 전문 서점에서 열린 사진전 때였는지는 확실히 기억나지 않는다. 황량한 대지에 토대만 남은 돌담이 끝없이 이어진 하드리아누스 방벽 사진 앞에서 나는 얼음처럼 굳어버렸다. 때마침 로즈마리 서트클리프의 《독수리 군기를 찾아》를 이와나미소년문고 시리즈에 넣을지 검토하고 있었으니 아마도 2006년쯤이었을 것이다.

솔직히 말하면 이케다 씨의 사진은 한껏 기교를 부려서 실물보다 아름답게 찍은 작품은 아니다. 그저 눈앞에 있는 풍경을 그대로 도려낸 것이다. 흐린 하늘 아래 펼쳐진 쓸쓸한 황무지와 무너진 성벽 사진을 보면서 '아! 마르쿠스와 에스카는 분명히 이곳을 걸었을 거야'라고 확신했다. 당시에도 이케다 씨는 아동문학 관련 장소들을 촬영한 사진을 가지고 다니며 많은 곳에서 강연을 했다. 작품을 사랑하는 마음이 듬뿍 담긴 그의 사진은 전문 촬영가는 결코 찍을 수 없는 '작품의 정취' 같은 것을 드러내고 있다고 느꼈다.

1960년대 후반부터 '서트클리프의 역사 로망 소설'이라며 하드커버 양장본 형태로 사랑받아왔던 작품들을 이와나미소년문고 시리즈에 넣자는 의견이 나왔을 때, 가장 먼저 이케다 씨의 슬라이드 사진이 떠올랐다. 그리하여 이와나미소년문고판 《독수리 군기를 찾아》, 《은빛 가지》, 《횃불을 든 사람들》, 《변방의 늑대》, 《운명의 기사》, 《왕의 표식》 표지에 이케다 씨의 사진이 실리게 되었다.

의외라고 여겨질지도 모르겠지만, 출간 당시에는 이와나미소년문고 시리즈의 표지에 일러스트 대신 사진을 실은 첫 시도였던 탓에 반응이 갈리었다. 서트클리프의 작품들은 C. 월터 호지스C. Walter Hodges나 찰스 키핑Charles Keeping이 그린 삽화와 함께 오랫동안 사랑받아왔기 때문이리라. 지금 돌이켜 보니 어쩌면 이때의 시도도 하나의 출판 역사로 남게 된 것 같아 담당 편집자로서 어깨가 조금 으쓱해진다.

이와나미쇼텐 편집부의
이시하시 세나石橋聖名

아서왕 전설의 뿌리를 찾아

왕이 잠든 지하 동굴

아서왕 전설은 서기 410년 로마군이 브리튼에서 철수한 후, 아서라는 어느 군사 지휘관이 브리튼족을 이끌고 색슨족과 싸워 대승리를 거두었다는 사실을 토대로 한 것이라고 전해져요. 그러나 이 전설은 후일 프랑스로 넘어가 아서왕과 원탁의 기사들을 주인공으로 한 중세 기사도 이야기로 재탄생하게 되지요. 현재 전해지는 아서왕 전설은 이처럼 두 가지, 즉 역사 속 인물 이야기와 중세 기사 무용담으로 나뉜다는 점을 알아두시면 좋아요.

그렇다면 본고장이기도 한 영국 각지의 아서왕 관련 유적은 어느 쪽에 해당할까요? 사실, 갖가지 종류가 혼재되어 있어 명료하게 구분할 수가 없어요. 영국에서는 동서남북 어디를 가도 아서왕 전설이 없는 곳이 없어서 유래를 정확히 밝혀내기란 거의 하늘의 별따기입니다. 어디서 깊은 동굴이라도 발견되면 이건 아서왕 동굴이라고, 큰 돌이라도 발견되면 이건 아서왕의 돌이라고 하거든요.

영국 아서왕 전설 가운데 가장 많이 알려진 것은, 아서왕이 기사들과 흰 말과 함께 지하 동굴에서 잠들어 있다가 영국이 위기에 처하면 잠에서 깨어난다는 '동굴 전설'이에요. 그중에서도 ①스코틀랜드 멜로즈 근처의 일던 언덕Eildon Hill 전설, ②하드리아누스 방벽

웨일스 남부의 몬머스 근처 산지에 있는 커다란 굴로 '아서왕의 동
굴King Arthur's Cave'이라고 불린다. 약 1만 년 전 석기 시대 사람이
살았던 흔적이 발견되었다.

의 소잉실즈Sewingshields 전설, ③노스 요크셔의 리치먼드Richmond 성
전설, ④체셔 주의 얼더리 에지 언덕Alderley Edge Hill 전설, ⑤웨일스
남부의 디나스 록Dinas Rock 전설, 이 다섯 가지가 특히 유명하지요.

　아동문학 작품으로는 윌리엄 메인William Mayne이 ③리치먼드 성
의 아서왕 전설과 북 치는 소년 전설을 바탕으로 쓴 《땅으로 사라
진 북 치는 소년Earthfasts》과 앨런 가너Alan Garner가 ④얼더리 에지
언덕 전설을 바탕으로 쓴 《브리싱가멘의 이상한 돌The Weirdstone of
Brisingamen》이 있는데, 두 작품 다 동굴 전설과 현대를 살아가는 아
이들의 모험을 섞어 그려낸 이야기예요.

　2019년 6월, 웨일스를 여행하던 나는 디나스 록에 들러 아서왕이
잠들어 있다고 여겨지는 동굴을 찾아가보았어요. 입구는 사방 1미
터 정도로 좁아 보였는데 내부는 넓더라고요.

성검 엑스칼리버가 가라앉은 호수

켈트계 브리튼족이 쓰던 언어로부터 웨일스어가 유래되었다는 점
에서도 짐작 가능하듯이, 아서왕 전설도 웨일스에서 생겨난 것으
로 추측되고 있어요.* 서트클리프의 《횃불   *전설 속 아서왕은 켈트계 브리튼족으로 여
을 든 사람들》은 6세기 초 웨일스의 수도   겨진다.
사 길다스Gildas가 쓴 《브리튼 정복과 파괴De Excidio et Conquestu
Britanniae》를 바탕으로 창작한 작품이고, 등장인물인 암브로시우스
왕의 모델은 아서왕입니다. 웨일스에는 아서왕에 관한 유적도 많
이 남아 있어요. 이를테면 웨일스 국립도서관에는 원탁의 기사들
이 찾아 떠났던 '성배' 파편이 전시되어 있습니다. 진위 여부는 알
수 없지만, 예수 그리스도와 열두 제자가 최후의 만찬에서 사용했
다는 나무 술잔의 일부분으로, 스트라타 플로리다 수도원Strata
Florida Abbey에서 발굴되었다고 해요.

위 틴타젤Tintagel 섬 해안에는 바위 동굴이 많다. 그중 하나가 '멀린의 동굴Merlin's Cave'(맨 왼쪽)로 밀물이 들어오면 바닷물에 잠긴다.
아래 틴타젤 섬에는 아서왕이 잉태되었다고 전해지는 틴타젤 성의 흔적이 남아 있다. 전설과 달리 이 성은 13세기에 만들어졌다.

켈트 문화가 짙게 남아 있는 콘월 반도에서도 아서왕 유적이라는 곳을 여럿 찾아볼 수 있어요. 대표적인 곳이 콘월 반도 북쪽 틴타젤 섬 해안가에 남아 있는 틴타젤 성이에요. 전설에 따르면 아서왕의 부친 우서 펜드래곤이 마법사 멀린의 힘을 빌려 콘월 공작으로 둔갑해 이곳을 찾아와 이그레인 공작부인에게 아서왕을 가지게 했다고 합니다. 그런데 틴타젤 성 자체는 13세기에 제1대 콘월 백작이 지은 성으로, 성이 자리한 틴타젤 섬은 원래 콘월 반도와 연결되어 있었지만 지반 침식으로 반도와 분리되어 지금은 나무다리와 계단을 이용해 섬으로 건너가야 해요. 성터 위쪽에는 켈트족 수도원 혹은 종교 공동체의 흔적 같은 것이 남아 있습니다. 예전에 동지중해에서 만들어진 5, 6세기경 토기류의 파편이 이 유적에서 다수 발굴되자 어쩌면 이 성은 아서왕의 모델이 실제로 살았던 성일 수 있겠다고 일부 고고학자들이 추측하기도 했어요. 발굴된 출토품은 성터 입구에 있는 전시관에서 볼 수 있습니다.

틴타젤 섬 가까운 곳에 넓게 펼쳐진 황야 보드민 무어Bodmin Moor에도 아서왕과 연관된 유적이 많아요. 자그마한 도즈마리 호수 Dozmary Pool는 아서왕이 호수의 여왕Lady of the Lake에게서 성검 엑스칼리버를 받은 곳으로 알려져 있지요. 죽어가는 아서왕의 명을 받든 기사가 엑스칼리버를 호수에 돌려주자 손이 물속에서 뻗어 나와 검을 받아들고 사라졌다는 전설로도 유명한 곳이에요. 보드민 무어는 면적이 208제곱킬로미터에 달하며, 도즈마리 호수 외에도 '아서왕의 홀King Arthur's Hall'이라 불리는, 직사각형에 가까운 습지대가 있고, 돌 56개가 이곳을 둘러싸듯이 서 있어요. 신석기 시대에 세워진 선돌 같다고 하는데 구체적으로 무슨 역할을 했는지는 밝혀지지 않았습니다.

콘월 반도 북쪽에 있는 작은 마을 캐멀포드Camelford 근방에는 '슬러우터브리지Slaughterbridge'라고 불리는 다리가 있어요. 겉보기에는

위 보드민 무어 근처에 있는 고인돌, '트레시비 쿼이트Trethevy Quoit.' 아서왕의 덮개돌이라는 뜻인 '아서의 쿼이트'라고도 불린다. **아래** 아서왕의 마지막 싸움 '캄란 선투Battle of Camlann'가 벌어졌다고 하는 슬러우터브리지.

평범한 돌다리가 놓여 있을 뿐이지만 이 일대는 아서왕의 최후 결전인 캄란 전투가 벌어진 곳이라고 해요. 아서왕은 여기서 아들 혹은 조카로 전해지는 모드레드 경과 싸운 끝에 그를 쓰러트리지만 본인도 치명상을 입어 마지막 안식처인 아발론으로 실려갑니다. 또 슬러우터브리지 근처 캐멀 강변에는 '아서왕 묘비'라고 불렸던 큰 비석이 쓰러져 있지요. 비석에는 "……의 아들 라티누스 여기에 잠들다"라고 새겨져 있어서 아서왕과 관계 없는 유적임이 분명하지만, 고대 라틴어를 읽지 못한 옛날 사람들은 아서왕의 묘비라고 믿었던 모양이에요.

아서왕의 묘와 원탁

끝으로 영국에서 가장 잘 알려진 아서왕 유적지 두 곳을 소개할게요. 먼저 하나는 잉글랜드 서머셋 주의 글래스톤베리 수도원터에 남아 있는 아서왕의 못자리입니다. 이곳에 아서왕이 잠들어 있다는 어떤 음유시인의 말에 헨리 2세가 발굴해보니, 정말로 아서왕과 기네비어 왕비의 유골, 묘비가 발견되었다는 이야기도 있지요. 하

슬러우터브리지 근처 캐멀Camel 강변에는 아서왕 묘비라고 불렸던 비석이 쓰러져 있다.

글래스톤베리 수도원 근처에 자리한 작은 언덕 글래스톤베리 토르
Glastonbury Tor와 여기에 있던 성 미카엘St Michael 교회의 탑. 이곳은
아서왕의 마지막 안식처인 아발론의 입구라고 불린다.

윈체스터Winchester 성의 그레이트 홀 벽에 '아서왕의 원탁'이 걸려
있다. 그런데 감정에 따르면 이 원탁은 에드워드 1세가 통치했던
1275년경에 만들어졌다고 한다.

솔즈베리 평원에 서 있는 스톤헨지Stonehenge. 캄란 전투에서 전사한 병사들의 넋을 위로하기 위해 멀린이 만든 묘라는 전설도 있다.

에임즈버리 수녀원Amesbury Priory이 있었던 일대. 창작물에서 이 수녀원은 아서왕의 부인인 기네비어 왕비가 머물다가 숨을 거둔 곳으로 묘사되었다. 지금 새로 세워져 있는 건물은 양로원으로 쓰인다.

지만 헨리 2세가 자신의 뿌리는 아서왕과 연결되어 있다고 내세워 권위를 인정받으려고 꾸몄던 일이 아닐까, 라는 설이 지배적이에요. 그 후 헨리 8세가 수도원을 해산함에 따라 건물 등이 파괴되면서 모든 물증이 사라졌고, 이제는 못자리로 추정되는 곳만이 남아 있습니다. 수도원 근처에는 '챌리스 웰Chalice Well', 즉 '성배의 샘'이라는 우물터가 있어요. 우물터에서 조금 떨어진 곳에는 글래스톤베리 토르라는 야트막한 언덕이 있고 맨 위에는 커다란 석탑이 남아 있지요. 일설에 따르면 이 언덕은 아발론으로 들어가는 입구라고 해요.

유명한 다른 유적지는 유서 깊은 도시 윈체스터에 있는 그레이트 홀이에요. 윈체스터 성의 유일하게 남은 구역인 이 거대한 홀의 벽에는 커다란 나무 탁자가 걸려 있는데, 아서왕과 열두 기사들이 사용한 원탁이라고 일컬어집니다. 그러나 최근 감정한 결과, 아서왕이 살았던 시대보다 7백 년이나 후인 에드워드 1세 시대에 만들어졌다고 해요.

《한밤중 톰의 정원에서》

필리퍼 피어스

'시간'을 주제로 한 걸작

《한밤중 톰의 정원에서》를 쓴 작가 필리퍼 피어스는 영국 아동문학계에서 매우 높은 평가를 받는 작가 가운데 한 명이에요. 작가이자 비평가인 존 로 타운센드John Rowe Townsend는 "제2차 세계 대전 이후의 영국 아동문학 작품 중 가장 뛰어난 작품 하나를 꼽으라면, 놀랍도록 아름답고 흥미진진한 《한밤중 톰의 정원에서》를 들 것이다"라고 말했지요. 나도 같은 생각이에요.

먼저 작품의 줄거리를 소개해볼게요. 동생 피터가 홍역에 걸리자 톰은 여름 방학 동안 이모네에 맡겨집니다. 한밤중, 잠이 오지 않아 눈을 말똥거리던 톰은 아래층 괘종시계가 열세 번 울린 것을 신기하게 생각해 내려갔다가 뒷문으로 나가게 되지요. 그런데 낮에는 살풍경했던 뒷마당이 아름다운 정원으로 변해 있었어요. 그날부터 거의 매일 밤 정원을 찾은 톰은 해티라는 소녀와 만나 친구가 됩니다. 신비한 일들을 잇달아 겪으면서 톰은 이 정원에 흐르는 '시간'과 일상생활 속에서 흐르는 시간은 서로 다르게 움직인다는

"열세 번 종을 치는 계단 밑 괘종시계를 확인하러 갔다가 빛이 새어
들어오는 뒷문을 열자, 낮에는 보잘것없던 뒷마당이 아름다운 정원
으로 변해 있었다." 어둑한 홀을 지나자 톰이 봤던 정원 풍경이 그
대로 눈앞에 펼쳐졌다.

것을 알게 되어요. 또 현재를 사는 자신이 과거의 존재인 해티의 '시간' 속에 어떻게 들어갔는지 그 이유를 찾아내면 이 정원의 '시간' 속에 영원히 머물 수 있을 거라고 생각하지요.

그러는 사이 톰은 언젠가부터 정원에 가는 일이 즐겁지만은 않아져요. 해티가 점점 자라 아가씨가 되면서 톰에게 관심이 없어졌기 때문이에요. 진짜 집으로 돌아가는 날 밤, 뒷마당의 정원이 없어졌다는 것을 알게 된 톰은 울면서 큰 소리로 해티의 이름을 부릅니다. 다음 날 집주인 바솔로뮤 노부인에게 간밤의 소동을 사과하러 간 톰은 부인이 해티라는 사실을 알게 되고, 둘은 기쁜 마음으로 진한 포옹을 나누지요. 톰이 아래층 방에서 지내는 동안 바솔로뮤 부인은 밤마다 어릴 적 꿈을 꾸었고, 둘은 부인의 꿈속에서 만나 특별한 친구가 된 것이에요. 톰의 '현재'와 해티의 '과거'는 이처럼 한밤중의 정원에서 만난 겁니다.

'톰의 집'에서의 만남

현실에서는 만난 적이 없는 소년 톰과 바솔로뮤 부인이 꿈을 통해 마음을 나누는 이야기는 우리에게 깊은 감동과 살아가는 기쁨을 전해주어요. 어느 늦은 겨울밤, 잠자리에 들기 전에 이 책을 읽기 시작한 나는 새벽녘에 책장을 덮으면서 너무 감동한 나머지 눈물을 멈출 수가 없었어요. 이렇게 치밀하고 예술성 높은 작품을 쓴 필리퍼 피어스라는 작가는 대체 어떤 사람일지, 이리저리 상상해보기도 했지요. 어느 날, 케임브리지 근처에 피어스 씨가 유년 시절에 살았으며 '톰의 집' 모델이 된 저택이 실제로 있다는 이야기를 듣고 기회를 봐서 꼭 찾아가보겠다고 마음을 먹었어요.

그리고 지금으로부터 40년 전인 영국 유학 시절, 기차를 타고 케임브리지 근처 셸포드 역에서 내린 나는 킹스 밀 거리Kings Mill Lane

홀 오른쪽에는 톰이 밤마다 2층 방을 나와 내려온, 층계참 달린 계
단이 있다.

위 정원 쪽에서 찍은 '톰의 집' 뒷문. 하얀 목제 장식과 장미 덩굴이 눈에 띈다. **아래** 캠 Cam 강의 물을 끌어와서 만든 연못. 홀리 가족이 기르는 오리들의 물놀이 장소이다.

왼쪽 톰이 올랐던 남쪽 담벼락. 위쪽은 벽돌, 아래쪽은 시멘트 블록으로 만들어졌다. **오른쪽** 작품 속에 등장하는 해시계. 얼굴 아래를 구름에 묻은 채 사방으로 빛을 퍼뜨리는 태양이 새겨져 있다.

안쪽에 자리한 '톰의 집'을 문 앞에 서서 살펴보고 있었습니다. 갑자기 누군가가 어깨를 두드려서 뒤돌아보았더니 몸집이 작은 한 노인이 어떤 볼일로 왔는지 묻더라고요. 이곳을 찾아온 이유를 설명하자 노인은 "아내가 옛날에 크리스티(필리퍼 피어스 작가의 실명이에요) 집에서 일했는데 잠깐 둘러봐도 되는지 물어볼까요?"라고 한 뒤 자기 집으로 돌아가 전화를 걸어주었습니다. 나중에 알게 된 일이지만 노인이 사는 집과 나란히 붙어 있는 또 다른 집에 피어스 작가와 중학생 딸이 살고 있었어요. 잠시 후 '톰의 집' 현관문이 열렸고 나이 든 부인이 나와 상냥하게 웃으며 환영해주었지요. "들어와요. 어려워 말고 편히 구경해요." 지금 이 집의 주인인 홀리 씨였어요.

마치 꿈꾸는 듯한 기분에 휩싸여 현관으로 들어가 홀로 나오니 바로 오른편에 톰이 밤마다 2층 방을 나와 내려왔던 그 계단이 있었습니다. 톰을 흉내 내어 뒷문을 열고 밖으로 나가자 그곳엔 너저분한 '낮의 뒤뜰'이 아니라 히아신스와 달리아 꽃향기가 가득한 아름다운 '한밤의 정원'이 펼쳐져 있었어요.

정원 남쪽에는 톰이 올라가 캠 강을 내려다본 높은 벽돌담이 있더군요. 그 담을 따라가니 작품에 묘사된 대로 얼굴을 구름에 반쯤 파묻은 태양 조각이 달린 해시계도 보였어요. 그 옆에 있는 나무 문은 톰의 손과 몸이 통과한 '담벼락 문'이 틀림없었고요. 정원과 과수원의 경계에서는 캠 강이 유유히 흘렀고 강가에 큰 나무들이 우거져 있었어요. 강 하류에는 흰색으로 페인트칠한 목조 건물이 있었는데 옛날에는 제분 공장이었던 곳으로, 물레방앗간터도 남아 있더라고요.

작품 후반부에 톰과 해티는 일리 대성당Ely Cathedral 탑을 오른다.
서쪽 탑 높이는 66미터로, 꼭대기에 도달하려면 계단 286개를 올
라야 한다.

벽장 바닥 밑 스케이트 그리고 피어스 씨와의 추억

이때 나는 정말 놀라운 경험을 했습니다. 나를 2층 방으로 안내한 홀리 씨가 벽장 바닥을 열어 보여주더니, 이 바닥 밑에서 신문지에 싸인 오래된 스케이트를 발견했다고 설명해준 거예요. 맞아요, 톰이 해티에게 보관해 달라고 부탁했다가 나중에 꺼내 신었던 그 스케이트예요. 그렇다면 이 에피소드는 피어스 씨가 창작해낸 것이 아니라 실제로 있었던 일이었을까요? 피어스 씨가 홀리 씨에게 들은 이야기를 작품 속에 넣은 걸까요?

　얼마 후 홀리 씨가 대학의 해외 연구자들에게 자택의 몇몇 방을 제공한다는 사실을 알고 2층 방에서 하룻밤 묵을 기회를 얻었습니다. 그날 한밤중에 창문을 살짝 열고 큰 나무들에 둘러싸인 '톰의 정원'을 넋 놓고 바라보았어요. 유감스럽게도 톰처럼 정원의 '시간' 으로 들어갈 수는 없었지만, 신비했던 그 밤의 기운은 평생 잊지 못할 거예요.

자택 정원에서 찍은 《한밤중 톰의 정원에서》의 저자 필리퍼 피어스.

　다음 날 아침, 홀리 씨가 "이따가 크리스티가 당신을 만나러 올
거예요"라고 했을 때는 얼마나 놀랐는지 몰라요. 잠시 뒤 뵙게 된
피어스 씨는 첫 대면이라 긴장한 나를 부드럽게 대해주는 아주 소
탈하고 친근한 분이었어요. 함께 정원을 둘러보면서 피어스 씨는
빅토리아 시대에 있었던 커다란 화단과 할머니가 그린 그림 이야
기 등을 들려주었지요. 정원 산책을 마친 뒤에는 자신의 집으로 초
대해 차를 대접해주기도 했어요. 당시 '톰의 집'에서 겪었던 일들과
피어스 씨의 다정한 모습은 지금도 내 마음속에 깊숙이 새겨져 있
습니다.

일본어판 《톰은 한밤중 정원에서》 필리퍼 피어스 지음, 수잔 아인
칙 그림, 다카스기 이치로 옮김, 이와나미소년문고
한국어판 《한밤중 톰의 정원에서》 필리퍼 피어스 지음, 수잔 아인
칙 그림, 김석희 옮김, 시공주니어

이모네 집에서 여름 방학을 보내게 되어 따분해하던 톰은
한밤중에 괘종시계의 종이 열세 번 울리자 이상하게 여긴
다. 우연히 뒷문으로 나간 톰의 눈앞에는 낮에는 없었던 정
원이 펼쳐져 있었다. '시간'을 주제로 삼은 걸작이자 카네기
상 수상 작품.

칼럼

사랑스러운 몰리 멀론

《한밤중 톰의 정원에서》 제13장에는 노래 〈사랑스러운 몰리 멀론Sweet Molly Malone〉의 후렴구가 등장합니다. 이 노래는 영어권 나라에서 널리 알려진 아일랜드 구전 민요입니다. 아일랜드 더블린에 살았던 생선 장수 몰리 멀론이 열병에 걸려 젊은 나이로 죽은 뒤 유령이 되어 나타나 수레에 해산물을 싣고 팔러 다녔다는 내용입니다.

책에는 이 노래의 후렴을 계속해서 흥얼거리는 해티에게 톰이 불쑥 이렇게 묻는 장면이 나옵니다.

"죽어서 유령이 되면 대체 어떤 기분일까?"

이 말을 빌미로 톰과 해티는 상대를 유령이라고 우기다가 결국 다투게 됩니다.

'톰의 집'을 방문하고 나서 약 20년 뒤, 아일랜드 더블린을 찾은 나는 번화한 그래프턴 스트리트Grafton Street에서 우연히 몰리 멀론의 동상을 보았습니다. 이 동상은 1988년에 도시 더블린 탄생 1천 주년을 기념해서 세운 것입니다. 17세기 의상을 입고 수레를 끌면서 생선을 파는 몰리 멀론의 동상은 더블린의 새로운 관광 기념물로서 인기를 끌고 있다고 합니다.* 더블린은 1699년 6월 13일

*몰리 멀론 동상은 2014년에 조금 떨어진 성 앤드류스 스트리트St Andrew's Street로 옮겨져 여전히 인기를 모으고 있다.

을 몰리 멀론이 세상을 떠난 날로 정하고, 6월 13일을 '몰리 멀론의 날'로서 기념하고 있습니다.

〈사랑스러운 몰리 멀론〉은 오늘날 아일랜드와 영국에서 모르는 사람이 없을 정도로 대중적인 노래입니다. 아일랜드 럭비 국가대표팀을 비롯해 더블린에 본거지를 둔 여러 스포츠 선수단의 응원가로 알려졌으며, 아일랜드 출신 가수인 시네이드 오코너Sinéad O'Connor 등 많은 가수가 이 노래를 불렀습니다. 영화 〈시계태엽 오렌지A Clockwork Orange〉에도 이 노래가 등장하지요.

《나니아 연대기》

C. S. 루이스

톨킨을 비롯한 문학 친구들과의 만남

클라이브 스테이플스 루이스Clive Staples Lewis는 1898년 북아일랜드 대도시 벨파스트의 부유한 변호사 집안에서 태어났어요. 세 살 위인 형 워런과 달리 성격이 내향적이었던 잭(루이스의 애칭이에요)은 어릴 적부터 베아트릭스 포터의 《다람쥐 넛킨 이야기》 같은 동화나 중세 기사도 문학에 빠져 지냈지요.

1917년에 옥스퍼드 대학 유니버시티 칼리지에 입학했고, 얼마 지나지 않아 제1차 세계 대전에 참전했다가 부상을 입고 말아요. 전쟁이 끝난 1918년 11월에 제대해 학교로 돌아온 루이스는 그리스·라틴어 문학, 고전·철학, 영문학, 이렇게 세 부문에서 수석을 차지했고, 1923년에는 옥스퍼드 학부생 가운데 가장 우수한 논문을 써서 최우수상을 받았습니다.

1925년, 옥스퍼드 대학 모들린 칼리지에 영문학 연구원으로 초빙된 그는 이후 약 30년간 동 대학에서 연구와 교육에 전념해요. 1926년에는 존 로널드 루엘 톨킨John Ronald Reuel Tolkien을 만나고, 이

위 옥스퍼드 교외에 위치한 루이스의 저택 뒤편에는 아름다운 연못과 푸른 천연 숲이 있다. **아래** 루이스와 톨킨이 이끈 문학 모임 '잉클링스Inklings' 멤버들은 '이글 앤드 차일드'라는 펍에서 만남을 가졌다.

후 둘은 깊은 우정을 쌓아갑니다. 1933년경에는 루이스와 톨킨을 중심으로 모인 친구들이 문학을 논하는 모임인 잉클링스가 생겨나요. 이 모임은 루이스의 '나니아 연대기'와 톨킨의《반지의 제왕》에 많은 영향을 주었어요.

　루이스는 오랫동안 무신론자였지만 책과 친구 들의 영향으로 기독교를 받아들이게 되어요. 1930년대와 40년대는 루이스가 많은 성과를 낸 시기였습니다. 그는 종교 우화《순례자의 귀향The Pilgrim's Regress》(1933)과 중세 문학 연구서《사랑의 알레고리The Allegory of Love》(1936) 등을 간행하며 중세 문학 연구자로서의 지위를 확고히 다졌어요. 또 신학적 SF소설《침묵의 행성 밖에서Out of the Silent Planet》(1938)와 같은 작품으로 학문의 세계를 넘어 일반 독자들에게도 이름을 알렸지요. 1954년에는 케임브리지 대학 모들린 칼리지에서 중세와 르네상스 영문학을 가르치기 시작해요.

　1950년대에 루이스는 수년 전부터 어린이를 위해 써왔던 판타지 시리즈 '나니아 연대기'를 매년 크리스마스 시기에 맞춰 한 권씩 출간합니다. 총 7권으로 구성된 이 시리즈는 아이들이 매일 한 장章씩 읽을 수 있도록 각 장의 분량이 고르게 조절되어 있어요.

　'나니아 연대기'는 전 세계 어린이들로부터 큰 사랑을 받았고 수많은 독자가 루이스에게 편지를 보냈습니다. 그중에는 미국 시인이자 이혼 경력이 있고 루이스보다 열일곱 살 어린 헬렌 조이 데이빗먼Helen Joy Davidman의 편지도 들어 있었어요. 편지를 계기로 둘은 교류하기 시작했고 1953년에 조이가 두 아들과 함께 영국으로 건너오지요. 1956년에 루이스와 조이는 혼인 신고를 하지만, 이는 조이와 아이들이 영국 국적을 취득하기 위한 형식적인 결혼에 불과했어요. 그런데 얼마 뒤 조이가 갑자기 골수암 판정을 받고, 의사로부터 남은 시간이 많지 않다는 사실을 듣습니다. 그제야 루이스는 조이를 진심으로 사랑하고 있음을 깨닫고, 제자였던 목사에게 부

루이스의 무덤이 있는 홀리 트리니티Holy Trinity 교회의 창문. 나니
아 풍경이 그려져 있다.

탁해 병실에서 기독교식으로 결혼식을 올립니다. 그 후 조이의 병세가 기적적으로 호전되면서 둘은 4년간 행복한 결혼 생활을 보내지만, 1960년에 결국 조이는 숨을 거두어요. 둘의 사랑 이야기는 1993년에 나온 영화 〈그림자 땅Shadowlands〉에 잘 그려져 있어요.

조이가 죽은 뒤 루이스도 신장에 문제가 생겨 쓰러졌고, 3년 뒤인 1963년에 65세의 나이로 세상을 떠납니다. 루이스의 묘는 그가 살던 저택 킬스Kilns에서 가까운 홀리 트리니티 교회에 있어요.

가스등이 늘어선 거리

이제 '나니아 연대기'의 모델이 된 장소와 무대를 소개할게요. 루이스는 일곱 살 때 어머니와 함께 해변 마을 캐슬록Castlerock으로 피서를 가요. 이듬해 어머니가 병으로 세상을 떠났기에 이 여행은 루이스에게 더없이 소중한 추억으로 남았을 테지요. 여행 중에 루이스는 어머니와 함께 가파른 절벽 위에 세워진 던루스Dunluce 성에 들릅니다. '나니아 연대기'에 여러 번 등장하는 케어 패러벨 성의 모델은 황폐한 던루스 성이에요.

《사자와 마녀와 옷장The Lion, the Witch and the Wardrobe》은 전쟁을 피해 시골로 내려간 네 남매 중 막내 루시가 우연히 옷장에 들어갔다가 환상의 나라 나니아를 발견하는 내용으로 시작되어요. 루이스 집에 오래전부터 있던 옷장에서 아이디어를 얻었다고 전해집니다. 루이스의 고향 벨파스트 홀리우드 로드Holywood Road에 자리한 홀리우드 아치스Holywood Arches 도서관 앞에는 루이스로 보이는 남성이 옷장 문에 손을 얹은 동상이 있어요.

작품 도입부에 묘사된, 눈 쌓인 숲속에 외로이 선 가스등이 신비로운 분위기를 자아내는데, 이 가스등은 루이스가 어릴 적에 산 몰번Malvern의 중심가에서 볼 수 있어요. 역 승강장이나 교회 묘지에

위 루이스가 일곱 살 때 방문한 던루스 성은 '나니아 연대기' 속 케어 패러벨 성의 모델이라고 한다. **아래** 벨파스드의 홀리우드 로드에 있는 도서관 앞에는 환상의 세계로 통하는 옷장 문에 손을 얹은 루이스의 동상이 있다.

루이스가 어린 시절을 보낸 몰번 거리에서는 오래된 가스등을 쉽게
볼 수 있다. 《사자와 마녀와 옷장》의 도입부인 눈 내리는 숲 장면에
서 루시가 본 가스등의 모델이다.

위 《사자와 마녀와 옷장》에서 아슬란이 최후를 맞이한 곳인 판판한 돌은 선사 시대의 거대 석묘, 고인돌로 여겨진다. 사진 속 고인돌은 웨일스에서 발굴된 것이다. **아래** 옥스퍼드 대학 모들린 칼리지에 장식된 동물 석상. 하얀 마녀가 마법을 걸어 돌로 만든 《사자와 마녀와 옷장》 속 동물들이 떠오른다.

오래된 가스등이 늘어선 모습은 참으로 낭만적이에요.

또 《사자와 마녀와 옷장》에는 마녀의 유혹에 넘어간 에드먼드를 구하기 위해 사자 아슬란이 판판한 돌 위에서 죽는 장면이 나옵니다. 이 판판한 돌은 선사 시대의 묘인 고인돌을 모티브로 삼아 지어 낸 것으로 보여요. 루이스는 웨일스를 굉장히 좋아했으니까 지역 곳곳에 남은 고인돌을 이야기 소재로 활용했을 거예요.

루이스가 오랫동안 일한 옥스퍼드 대학 모들린 칼리지의 회랑 외벽에는 동물이나 기사 등의 석상이 매우 많습니다. 작품에서도 하얀 마녀가 돌로 만들어버린 동물들이 나오는데, 혹시 루이스는 늘 보던 이 석상들을 떠올리며 이야기를 쓴 건 아닐까요?

일본어판 《사자와 마녀》 C. S. 루이스 지음, 폴린 베인즈 그림, 세타 데이지 옮김, 이와나미소년문고

한국어판 《사자와 마녀와 옷장》 C. S. 루이스 지음, 폴린 베인즈 그림, 햇살과나무꾼 옮김, 시공주니어

제2차 세계 대전이 일어나 시골로 피난을 떠난 네 아이는 이상한 교수가 사는 저택에 맡겨진다. 막내 루시는 우연히 저택의 옷장 속으로 들어가는데, 그런 루시의 눈앞에 눈으로 덮인 환상의 나라 나니아가 펼쳐진다.

《이상한 나라의 앨리스》

루이스 캐럴

주변 사람들을 동물로 등장시키다

지금으로부터 20년도 전의 일이에요.《이상한 나라의 앨리스》를 쓴 루이스 캐럴의 사후 백 주년을 기념해 세계 각지에서 다양한 행사가 열렸어요. 이를 계기로 나는 《이상한 나라의 앨리스》의 무대가 된 곳들을 알아보자고 마음먹었지요. 예전에는 기상천외하고 난센스투성이인 이 작품은 작가가 상상한 이야기이고 실제 모델은 없을 거라고 생각했지만, 내 착각이었어요. 알고 보니 캐럴 역시 모델들이 있어야 이야기를 써낼 수 있는 전형적인 영국 작가였더라고요.

　제3장 「코커스 경주와 긴 이야기」에서 앨리스의 '눈물 웅덩이'에 빠졌다가 흠뻑 젖어 뭍으로 올라온 동물들의 모델은 모두 캐럴의 주변 인물들이에요. '오리'는 캐럴의 친구인 덕워스Duckworth, '진홍 앵무'는 실제 앨리스 리들의 언니 로리나Lorina, '새끼독수리'는 동생 이니스Edith, 괴상하게 생긴 '도도새'의 모델은 다름 아닌 캐럴입니다. 캐럴의 본명은 찰스 럿위지 도지슨Charles Lutwidge Dodgson인데, 영국식으로 발음하면 '도지슨'이 '도도'처럼 들리기도 해요. 도도새

는 옛날에 모리셔스 섬에서 살던 새로, 날개가 있었지만 날지 못해 사람들에게 잡혀 멸종하고 말았지요. 옥스퍼드 대학의 자연사 박물관에 도도새의 그림과 실제 두개골, 다리 표본 등이 전시되어 있어요.

동물들에 둘러싸여 거만을 떠는 '쥐'의 모델은 리들가의 가정교사 메리 프리켓Mary Prickett이라고 알려져 있어요.* 캐럴은 자신에게 특별한 존재였던 앨리스를 만나러 틈만 나면 앨리스의 아버지인 옥스퍼드 대학 크라이스트 처치 학장의 관사를 찾아갔는데, 사실은 앨리스가 아니라 메리 프리켓을 보러 간 거라는 소문이 돌자 캐럴은 일기에 "설마!"라고 적었다고 합니다. 메리 프리켓은 옥스퍼드 교외 마을 빈지Binsey 출신이라고 추측되는데요, 마을에 있는 성 마거릿St Margaret 교회에 프리켓가의 묘들이 남아 있어요.

*메리 프리켓은 《거울 나라의 앨리스Through the Looking-Glass》에 나오는 붉은 여왕의 모델로도 여겨진다.

그리고 성 마거릿 교회 뒤편에는 병이나 상처를 낫게 했다는 성스러운 우물터가 있습니다. 캐럴은 제7장 「이상한 다과회」에서 다람쥐처럼 생긴 '도마우스'가 들려주는 옛이야기에 이 우물을 '당밀 우물Treacle Well'로 등장시켜요.

빈지의 성 마거릿 교회에는 「이상한 다과회」에 등장하는 '당밀 우물'터가 남아 있다.

HE WAS bORN AT ✛ ✛
DARESbURY PARSONAGE,
JAN. 27, 1832, AND died
AT GUILDFORD, JAN. 14, 1898.

Lewis Carroll
lived in this house,
and died here
14 January,
1898.

위 루이스 캐럴 탄생 백 주년인 1932년, 다스베리Daresbury 마을 올 세인츠All Saints 교회의 창에 존 테니얼의 삽화를 본떠 만든 스테인드글라스가 걸렸다. **아래** 캐럴이 임대한 길퍼드Guildford의 체스넛츠Chestnuts 저택은 주인이 바뀌었지만, 문기둥에 존 테니얼John Tenniel의 삽화가 들어간 기념 명패가 남아 있다.*

* 캐럴은 당시 신축 건물이었던 체스넛츠 저택을 임대해 자신의 여섯 누이가 살 수 있게 했다. 캐럴은 저택을 자주 방문했고, 이곳에서 사망했다. 현재 이 기념 명패는 보안상의 이유로 사라져 많은 팬이 실망하고 있다고 한다.

도마우스는 서둘러 이야기를 시작했다. "옛날 옛적에 세 자매가 있었습니다. 이름은 엘시, 레이시, 틸리*였어요. 세 자매는 우물 바닥에 살고 있었죠."

*엘시는 실제 앨리스의 언니 로리나 샬롯L.C. 의 이름에서 가져왔고, 레이시는 엘리스의 이름 철자 순서를 바꾼 것이다. 틸리는 동생 이디스의 애칭인 마틸다에서 가져왔다.

이상한 다과회 하면 떠오르는 인물인 모자 장수의 모델은 당시 옥스퍼드에서 가구 장사를 하던 시오필러스 카터Theophilus Carter라는 사람이에요. 1904년에 세상을 떠난 그의 무덤은 홀리웰 묘지 Holywell Cemetery에 있어요.

한편 《이상한 나라의 앨리스》에는 사자의 몸에 독수리의 머리와 날개를 가진 괴수 '그리폰Gryphon'이 자주 등장해요. 캐럴이 어릴 때 아버지가 목사로 일했던 다스베리 마을의 올 세인츠 교회에는 오래된 나무 설교대가 남아 있는데, 측면에 그리핀Griffin처럼 보이는 조각이 새겨져 있지요. 아마도 캐럴은 이 조각을 보면서 아버지의 설교를 들었을 거예요. 옥스퍼드 대학의 트리니티 칼리지 정문 장식에서도 그리핀 문양을 볼 수 있습니다.

체셔 고양이가 당장이라도 얼굴을 불쑥 내밀 것 같은 고목

루이스 캐럴이 30여 년간 수학을 가르치며 살았던 크라이스트 처치 칼리지에도 앨리스와 관련된 장소와 사물이 많아요. 18세기에 만들어진 크라이스트 처치 도서관 2층에는 캐럴이 사용했던 부관장실이 있습니다. 이곳 창문에서는 리들 가족이 살았던 학장 관사와 정원이 백 년 전 모습 그대로 내려다보이더라고요. 정원 구석에는 큰 가지를 뻗은 서양칠엽수 고목도 있어요. 캐럴은 이 나뭇가지에 즐겨 오르던 리들 가족의 고양이 다이나Dinah를 바탕으로 '체셔 고양이'를 만들었고, 삽화가 존 테니얼John Tenniel은 이 고양이를 입

크라이스트 처치 칼리지에 있는 학장 관사 정원에는 백 년 전의 고
목이 아직도 살아 있다. 존 테니얼은 이 나무를 참고해 체셔 고양이
가 나오는 장면을 그렸다.

위 캐럴이 거의 평생을 보낸 크라이스트 처치 칼리지. 왼쪽은 대성
당, 오른쪽은 그레이트 홀(2층은 대식당)이다. **아래** 그레이트 홀 2층
대식당에 놓인 벽난로. 양쪽 여성 얼굴 장식에서 앨리스의 목이 길
어지는 에피소드가 탄생했다.

이 찢어지도록 웃는 모습으로 그려냈지요.* 그때로부터 약 백 년이
라는 시간이 흘렀는데도 나무는 지지대
의 도움을 받아 여전히 살아 있었어요.

*리들 가족이 키운 고양이 다이나가 체셔
고양이의 모델이라는 명백한 증거는 없다.
작품 속에서 다이나는 주인공 앨리스가 기
르는 고양이로 여러 번 언급된다.

크라이스트 처치의 대성당으로 이어지는 벽에는 아치형 초록 문이
나 있는데, 이 문은《거울 나라의 앨리스》의 제8장「앨리스 여왕」
속 아치형 문의 모티브가 되었다고 해요.

대성당 안에는 앞서 소개한, 성 마거릿 교회의 성스러운 우물로
환자와 장애인을 돌보았다고 전해지는 옥스퍼드의 수호성인 성 프
라이즈와이드St Frideswide와 앨리스의 동생 이디스를 모델로 성 캐
서린St Catherine을 묘사한 스테인드글라스가 걸려 있어요.

그리고 그레이트 홀 2층의 대식당에는 벽난로가 있는데, 장작을
떠받치는 곳에 목이 긴 여성 얼굴 장식이 붙어 있습니다. 케이크를
먹고 목이 길어진 앨리스의 모습은 이 장식에서 유래했다고 전해
져요.

길퍼드 성 정원에는 거울 나라로 들어가려고
하는 앨리스의 동상이 있다.

앨리스의 아버지 헨리 리들이 1862년에 랜디드노Llandudno에 지은
별장. 지금은 고가스 애비 호텔Gogarth Abbey Hotel로 사용되고 있다.*

*2007년~2008년에 걸쳐 건물 자체가 철거되었다.

이렇게 캐럴의 작품 속 소재들의 모델에 대해 소개해보았습니다. 대다수가 리들가의 세 자매와 관련이 있는 것들로, 캐럴이 들려준 이야기를 들은 아이들은 이 사실에 기뻐했고, 후에 《이상한 나라의 앨리스》가 탄생하게 되었어요.

혹시 세 자매가 겪은 것과 같은 경험을 해보고 싶다면, 옥스퍼드의 아이시스 강에서 운행하는 유람선을 타고 이들이 갔던 갓스토 Godstow 근처까지 가보기 바랍니다.* 나도 이 여행을 통해 옥스퍼드가 베니스 못지않은 물의 고장이며 아주 즐겁고 멋진 곳임을 알았어요. 내가 갔을 때는 마침 여름이었는데 강변에서 많은 젊은이가 더위를 식히고 있더라고요.

*1862년 7월 4일, 캐럴은 리들가 아이들과 함께 보트 여행을 떠나 갓스토 부근까지 갔다. 이 여행에서 캐럴은 즉흥적인 이야기를 들려주었고 앨리스는 그것을 글로 적어 달라고 부탁했다. 그렇게 해서 1864년에 《지하 나라의 앨리스Alice's Adventures Under Ground》가 탄생했다. 이듬해 캐럴은 《지하 나라의 앨리스》보다 훨씬 긴 《이상한 나라의 앨리스》를 출간했다.

일본어판 《이상한 나라의 앨리스》 루이스 캐럴 지음, 존 테니얼 그림, 와키 아키코 옮김, 이와나미소년문고
한국어판 《이상한 나라의 앨리스》 루이스 캐럴 지음, 존 테니얼 그림, 손영미 옮김, 시공주니어

어느 날 오후, 조끼를 입은 흰 토끼를 따라 굴 속으로 빠진 앨리스는 신비한 세계를 발견한다. 옥스퍼드 대학의 수학 교수가 쓴, 유머와 말놀이로 가득 찬 작품.

《추억의 마니》

조앤 G. 로빈슨

외톨이 소녀가 마음의 문을 열기까지

《추억의 마니》는 영국 노퍽 주의 해안가 마을 번햄 오버리Burnham Overy(작품에서는 '리틀 오버턴'으로 나와요)를 무대로 한 이야기예요. 특히 일본에서 큰 사랑을 받았고, 2014년에는 스튜디오 지브리가 이 소설을 원작으로 삼아, 홋카이도로 배경을 바꾼 동명의 애니메이션 작품을 만들었지요.

주인공 안나는 부모님과 할머니를 잃고 프레스턴 부부에게 입양된 고아예요. 안나는 모든 것에 관심이 없고 큰 감흥을 느끼지 못하는 아이로 성장합니다. 바닷가 마을 리틀 오버턴에 요양을 하러 온 안나는 마니라는 소녀를 만나고, 둘은 점차 마음속 비밀까지 나누는 친한 친구가 되어요. 그런데 어느 폭풍우 치던 밤, 안나는 마니를 생각해 풍차가 있는 곳에 갔다가 마니에게 배신당했다고 느끼고 격한 감정을 터뜨립니다. 하지만 이런 계기가 있었기 때문에 안나는 비바람을 맞으며 마시 저택Marsh House으로 찾아간 뒤 마니와 화해도 하고 자신의 마음을 치유할 수 있었어요.

위 밀물 때면 뭍 바로 아래까지 바닷물이 찬다. 물길과 갯벌이 잠기면 어선과 요트 들이 한꺼번에 움직인다. **아래** 번햄 오버리에 있는 선착상. 썰물 때라 마른 땅 위에 보트가 놓여 있다.

마시 저택의 모델이 아닐까 추측한 건물의 뒤편. 밀물 때는 돌계단
과 보트를 이용해 이 일대를 드나들 수 있다.

위 작품 속 삽화와 똑같은 모습으로 마을 변두리에 남아 있는 풍차. 지금은 내셔널 트러스트가 관리한다. **아래** 여름에는 물가에 분홍빛 바다 라벤더*기 활짝 핀다.

*마니가 좋아하는 꽃으로, 마시 저택에서 파티가 열린 날 밤 안나가 이 꽃을 가지고 갔다.

위 밀물이 들어오면 뒤편으로 넓은 바다가 펼쳐진다. **아래** 썰물 때
는 이런 풍경으로 바뀐다. 바닷물이 밀려나면서 온통 푸르른 갯벌
이 드러난다.

안나는 강렬한 감정들을 쏟아낸 탓에 생사의 경계를 헤매게 됩니다. 거의 죽을 뻔했지만 주위 사람들의 간호로 회복한 뒤 아이다운 면모를 되찾지요.

'리틀 오버턴' 그 자체인 바닷가 마을

지금으로부터 20년도 전의 일이에요. 이 작품에 감명을 받은 나는 리틀 오버턴의 배경이 된 번햄 오버리를 방문하고 싶었어요. 마을에 도착해보니 안나가 살았던 2층짜리 나지막한 집은 물론, 맨더스 양이 있는 우체국, 마을 변두리에 있는 풍차까지, 그야말로 마을 전체가 책 속의 리틀 오버턴이더라고요. 선착장에 갔더니 마침 썰물 때라 여울처럼 흐르는 굽이진 물길과 풀이 우거진 갯벌이 눈앞에 펼쳐졌어요.

작품의 핵심인 물가에 있는 커다란 집, 마시 저택으로 보이는 건물도 발견했지요. 보트 창고에서 조금 올라간 곳에 있는, 창문이 많고 길쭉한 3층 건물이었어요. 20여 년 전에는 호텔이었지만 지금은 여섯 가구가 사는 아파트라더군요. 길가에 면해 있는 건물 정면은 벽돌담으로 에워싸여 있었고 차량도 드나들 수 있는 출입로가 있었어요. 건물 뒤편은 물길에 면해 있어서 출입로가 없었지요. 하지만 물길을 따라 지어진 벽돌 제방에 계단이 나 있어서 밀물 때는 보트를 이용해 이곳을 드나들 수 있었어요.

안나는 썰물 때는 마른 물길을 건너 마시 저택 앞쪽에 있는 약간 높은 지대로 간 뒤 거기서 커다란 저택을 바라보았을 거예요. 또 저택에서 파티가 열린 날 밤에는 밀물 때 보트를 타고 도착한 뒤, 계단 앞에서 마니의 도움을 받아 저택으로 들어가지 않았을까요.

이닐 미 을 민박집에서 하룻밤을 보낸 뒤 아침에 다시 선착장을 찾아갔어요. 놀랍게도 전날 썰물 때 본 물길과 갯벌이 잠겨 온통 넓은 바다로 변해 있었습니다. 바닥에 쓰러져 있던 보트와 돛단배가 몸을 일으켜 활발히 떠다니고 있었고요. 나는 마을 어부에게 부탁해 보트를 타고 마시 저택의 모델로 짐작한 건물에 가까이 가보기도 했어요. 보트 위에서 물속을 들여다보니 갯벌에 자라 있는 물풀들이 해초처럼 흔들흔들하고 있었지요.

마을을 떠나기 전, 나는 민박집의 스미스 부인을 통해 뜻밖의 사실을 알게 되었습니다. 기회가 있다면 꼭 만나보고 싶었던 작가 조앤 G. 로빈슨은 이미 10년 전에 세상을 떠났고, 생전에 두 딸과 함께 개인 소유의 캠핑카를 타고 이 마을을 찾아와 여름을 즐기곤 했대요. 둘째 딸 수잔나Susana는 양녀로, 작품의 주인공 안나와 비슷한 상황에 있었나 봐요. 로빈슨은 부모 모두 법정 변호사인 상류층 가정에서 자랐지만 학교를 일곱 군데나 다녔고, 어느 곳에서도 졸업 시험을 통과하지 못했다고 해요. 순전히 내 생각이지만 혹시 어린 시절의 로빈슨은 보통 아이들과 조금 다르지 않았을까요? 그래서 수잔나를 따스하게 보듬고, 소외된 이들을 다룬 《추억의 마니》 같은 작품을 써낼 수 있었을지도 모릅니다.

낮은 물가에 있는 커다란 집, 마시 저택의 모델

또 하나 덧붙이고 싶은 이야기가 있어요. 책 말미에는 로빈슨의 장녀인 데보라 셰퍼드Deborah Sheppard가 어머니를 대신해 쓴 글이 실려 있습니다. 이 글에 따르면 마시 저택의 모델은 푸른색 문과 창틀이 달린 커다란 벽돌 건물로, 당시 '곡물 창고The Granary'라고 불렸다고 해요. 이 설명을 부정하려는 건 아니지만, 내가 보기에는 몇 가지 모순이 있는 것 같아요.

비바람을 뚫고 마시 저택을 찾아간 안나는 물가에 선 채 창가에 있는 마니와 이야기를 나누다가 차오른 물에 빠져 죽을 뻔합니다.

하지만 곡물 창고라고 불렸다는 건물 앞에는 작은 길이 난 제방이 있는데 왜 하필 안나가 물가에 서서 대화를 나누었는지 이해가 되질 않아요. 그리고 안나가 파티가 열린 밤에 저택까지 보트를 타고 갔던 대목도 부자연스러워져요. 곡물 창고 앞은 제방이고, 보트를 댈 계단이 없습니다. 또, 곡물 창고 앞쪽에는 따로 출입로가 없어요. 마시 저택 앞쪽 출입로가 저택 뒤쪽으로 이어져 있다는 것을 안나가 알아차리는 대목이 나오는데요, 이 대목 설명도 곡물 창고보다는 내가 발견한 옛날 호텔 건물의 구조에 더 들어맞는 설명이에요.

어쩌면 마시 저택은 곡물 창고와 호텔 건물을 합친 공간일지도 몰라요. 작가가 이미 세상에 없어 내 의문은 수수께끼로 남았지요. 그래도 갯벌 식물이 우거진 모래 언덕과 돌아가는 길에 꺾은 바다 라벤더의 진한 분홍빛만은 아직도 눈에 선합니다.

일본어판《추억의 마니》조앤 G. 로빈슨 지음, 페기 포트넘 그림, 마쓰노 마사코 옮김, 이와나미소년문고
한국어판《추억의 마니》조앤 G. 로빈슨 지음, 페기 포트넘 그림, 안인희 옮김, 비룡소

안나는 바닷가 마을에 사는 신비로운 소녀 마니와 친구가 되면서 조금씩 마음을 열어간다. 마니는 안나가 처음으로 사귄 진짜 친구였지만, 마니를 볼 수 있는 사람은 안나뿐이었다.

《A Traveller in Time》 Alison Uttley

《시간 여행자, 비밀의 문을 열다》

앨리슨 어틀리

비운의 스코틀랜드 여왕을 소재로 삼은 타임 슬립 이야기

잉글랜드 중부에 자리한 더비셔 주는 지형이 평탄한 잉글랜드에서는 드물게 산맥이나 계곡이 많아 경치가 좋기로 이름난 곳이에요. 또 이 일대는 스코틀랜드의 메리 스튜어트 여왕이 18년 동안이나 갇혔던 성과 장원 들 같은 유적지가 많은 곳으로도 알려져 있지요. 아동문학 작가인 앨리슨 어틀리는 메리 여왕이 얽힌 사건이 일어났다고 하는 윙필드Wingfield 저택에서 멀지 않은 크롬퍼드Cromford 마을에서 태어나 자랐어요. 1939년에는 실제 역사에서 아이디어를 얻어 시간 여행을 하는 판타지 소설 《시간 여행자, 비밀의 문을 열다》를 썼습니다.

런던에 사는 몸이 허약하고 상상을 즐기는 소녀 페넬로피는 이모할머니가 사는 새커스 농장으로 요양을 가게 되어요. 새커스 농장은 약 3백 년 전 메리 여왕을 구하려다가 처형당한 앤터니 배빙턴이 소유한 저택의 일부였습니다.* 농장에

*새커스는 가상의 이름이다. 앤터니 배빙턴이 소유했던 장원과 저택의 이름은 '데식Dethick'이고, 저택은 후에 '매너 농장Manor Farm'으로 바뀌었다.

워필드 저택의 탑 위에서 내려다본 풍경. 중앙에 춤을 좋아했던 메리 여왕이 무도회를 열었을지도 모르는 그레이트 홀이 있다.

서 지내다가 우연히 시공을 초월해 16세기의 세상으로 가게 된 페넬로피는 배빙턴 일가를 모신 자신의 조상 시슬리 부인 및 앤터니의 동생 프랜시스와 가까워져요. 페넬로피는 과거의 시간 속에서 아주 오래 머물렀다고 느끼지만, 현재로 돌아와보니 아주 짧은 시간이 지났을 뿐이었지요.

앤터니는 메리 여왕이 셰필드Sheffield 성에서 윙필드 저택으로 이송당하게 되자 엘리자베스 여왕을 살해하고 메리 여왕을 구출할 계획을 세웁니다. 배빙턴의 저택과 윙필드 저택 사이에는 비밀 땅굴이 있었어요. 이 땅굴을 이용해 메리 여왕을 탈출시키자는 것이었지요.

　페넬로피는 메리 여왕이 결국 처형당한다는 사실을 알고 있었지만, 그 미래를 바꾸어서라도 여왕을 구하려고 해요. 여왕이 윙필드 저택으로 오는 날, 페넬로피는 커다란 아치문 앞에서 말을 탄 메리 여왕에게 꽃다발을 바칩니다. 호송병에게 둘러싸인 여왕은 페넬로피에게 조용히 미소를 지어주지요. 하지만 땅굴이 들통나면서 앤터니의 노력은 헛수고로 끝나고 메리 여왕은 습지에 세워진 터트버리 성으로 이송됩니다. 그리고 앤터니가 동생들에게 전 재산을 남기고 프랑스로 도피하면서 이야기는 끝이 나지요.

역사와 상상력이 교차하는 폐허

《시간 여행자, 비밀의 문을 열다》는 소설이지만 메리 여왕과 관련된 내용은 대체로 역사적 사건과 일치하다고 봐도 무방해요. 예전에 나는 윙필드 저택과 그 부근에 있는 배빙턴의 저택을 방문한 적이 있어요. 윙필드 저택은 메리 여왕의 보호인으로 임명된 슈루즈베리Shrewsbury 백작의 영지에 있었지요. 언덕 위에 우뚝 선 이 거대

페넬로피가 슬픔에 한숨짓는 여왕을 발견한 창가. 창밖에는 과수원
이 있다.

위 돌담으로 둘러싸인 오래된 아치형 정문 앞
에 서면 페넬로피와 메리 여왕의 만남이 정
말 있었던 것처럼 느껴진다. **아래** 메리 여왕
이 거실로 썼던 방에 설치된 난로.

한 석조 건물은 성채라고 해도 과언이 아니었습니다. 그리고 지금
은 지붕이 무너져내린 폐허나 다름없었는데, 잉글랜드의 역사적
건축물을 보호하는 잉글리시 헤리티지English Heritage가 관리하는 중
이라고 해요.

　메리 여왕은 저택 북쪽에 있는 방을 거실로 썼어요. 이 방 창문
너머로 과수원이 보이는데, 페넬로피가 창가에서 한숨짓는 여왕을
본 대목의 묘사와 딱 일치해요. 방을 나와 복도를 따라가면 그레이
트 홀이 나오고요. 춤을 좋아했던 여왕이 신하들과 함께 무도회를
열었던 곳일지도 모릅니다. 안뜰로 나가보면 버팀목에 의지해 서
있는 오래된 호두나무가 보여요. 바로 앤터니의 주머니에서 떨어
진 호두가 자란 그 나무예요.* 여기서 오
솔길을 따라 서쪽 끝으로 가보니 아치형
정문이 3백 년 전과 다르지 않은 모습으

*전설에 의하면 앤터니는 메리 여왕을 만나
기 위해 호두 즙을 얼굴에 발라 분장했고,
호두씨가 떨어진 곳에서 호두나무가 자랐
다고 한다. 이 전설이 작품 속에 등장한다.

로 나타났어요. 그 순간 말 등에 앉아 페넬로피에게 조용히 웃어주
던 메리 여왕의 모습을 본 듯한 기분이 들었습니다. 작품 속 무대가
너무 사실적으로 설정되어 있어서, 내가 있는 곳이 이야기 속인지
현실인지 분간이 잘되지 않았을 정도였어요.

안뜰에 남아 있는 오래된 호두나무는 앤터니
배빙턴의 주머니에서 떨어진 호두가 자란 것
이라고 전해진다.

배빙턴 저택의 비밀 땅굴

이번에는 윙필드 저택에서 4, 5킬로미터 정도 떨어진 곳에 있는 배빙턴의 저택으로 향했어요. 한때 드넓었던 배빙턴가의 토지에는 현재 농장 세 개가 세워져 있고, 그중 하나인 매너 농장 앞에는 처형당한 앤터니 배빙턴의 기념 명판이 있지요. 농장의 몇몇 건물은 옛 배빙턴 저택의 석재를 그대로 사용해서인지 외관에서 예스러운 역사가 느껴졌고요. 농장 본채 바깥벽으로 튀어나온 커다란 화덕 같은 구조물과 높이 솟은 굴뚝을 보았을 때 이 구역은 옛날에 저택의 부엌이었을 거라고 짐작했어요. 건물 안에서 화덕을 보고 싶었지만 안에 들어갈 수 있는 방법을 알 수 없더라고요. 마침 출입문 쪽에 '라즈베리 5파운드'라고 적힌 푯말이 걸려 있어서 이 안내판을 보고 온 양 안으로 들어가 주인인 그룸 씨와 이야기를 나누었습니다. 듣자 하니 2층에 있는 방 세 개(이 가운데 하나는 분명히 페넬로피가 썼던 방일 거예요)가 민박용 방이라고 하기에* 나는 이후 다시 이곳을 찾아 페넬로피의 방에 머물렀지요.

*매너 농장은 2019년에 영업을 종료했다.

메리 여왕의 입체 조각상. 사진은 스코틀랜드 국립박물관에 전시된 복제품을 찍은 것이다.

위 매너 농장의 전경. 건물 밖에는 처형당한 앤터니 배빙턴을 기리는 명패가 있다. **아래** 농장 본채 앞에 있는 우두막 밑에는 메리 여왕을 구출하기 위해 팠다고도 전해지는 땅굴 흔적이 남아 있다.

위 현재 배빙턴가의 땅은 셋으로 나뉘었다. 그중 하나를 차지하고 있는 매너 농장의 본채는 옛날에 부엌이 있던 곳으로, 큰 굴뚝과 화덕이 그대로 남아 있다. **아래** 본채 안에서 본 화덕.

그로부터 다시 몇 년이나 흐른 뒤,《시간 여행자, 비밀의 문을 열다》
를 좋아하는 독자들과 함께 이곳을 방문했을 때의 일이에요. 농장
을 물려받은 그룸 씨의 아들이 설명을 마친 뒤 우리를 비밀 땅굴로
안내해주는 게 아니겠습니까. 농장 본채 앞 오두막에 들어간 뒤 그
가 입구 바닥에 깔린 널빤지를 들어 올리자 지하로 이어지는 돌계
단이 나타났어요. 이 땅굴의 쓰임새는 세 가지로 추측된다고 해요.
저택의 포도주 저장고, 혹은 가톨릭 신자들의 비밀 회합 장소, 혹은
메리 여왕의 탈출 통로였을 거라고 하는데, 어느 것이 맞는지는 아
직 밝혀지지 않은 모양이에요. 이번 기행으로 나는 앨리슨 어틀리도
다른 영국 작가들처럼 '사실주의' 작가였음을 가슴 깊이 깨달았습
니다.

에든버러의 홀리루드하우스Holyroodhouse 궁
전. 메리 여왕은 이곳에 살면서 결혼 등 인생
의 굵직한 일들을 겪었다. 엘리자베스 2세 여
왕은 여름마다 이 궁전에서 일주일간 머무르
곤 했다.

일본어판《시간 여행자》앨리슨 어틀리 지음, 페이스 자키스 그
림, 마쓰노 마사코 옮김, 이와나미소년문고
한국어판《시간 여행자, 비밀의 문을 열다》앨리슨 어틀리 지음,
페이스 자키스 그림, 김석희 옮김, 비룡소

몸이 약한 페넬로피는 옛날에 귀족의 저택이었던 친척의 농
장에 맡겨진다. 어느 날 시공을 뛰어넘어 16세기 세상으로
간 페넬로피는 왕위 계승권을 둘러싼 역사적인 대사건에 휘
말린다.

《The Voyages of Doctor Dolittle》Hugh Lofting

《둘리틀 박사의 바다 여행》

휴 로프팅

전쟁 중 일본에 소개된 소중한 아동문학 작품

휴 로프팅이 쓴《둘리틀 박사의 바다 여행》은 소년 시절 내게 세상을 보는 눈을 선사해준 아주 소중한 작품 가운데 하나예요.

이 작품은 내가 초등학교 3학년이었던 80여 년 전, 잡지《소년 구락부少年俱楽部》에 '둘리틀 박사의 배 여행'이라는 제목으로 2년간 매달 연재되었어요. 당시 태평양 전쟁 중이었던 일본은 영국과 미국을 배척했고 영미 서적도 엄격히 통제했는데, 이 작품은 아동문학이라곤 해도 무려 2년 동안이나 연재가 이어졌지요. 작품이 탄생한 배경을 알면 이 연재가 얼마나 이례적인 일이었는지 더 잘 알 수 있어요.

1914년에 제1차 세계 대전이 일어나자 휴 로프팅은 아일랜드군 장교로 서부 전선에 소집됩니다. 그는 전쟁터에서 말이 다치자 바로 사살당하는 장면들을 목격하지요. 인간이라면 치료를 받아 살 수 있었을 텐데 군마는 그렇지 못했던 거예요. 로프팅은 이런 현실에

저녁 무렵의 브리스틀Bristol 항. 토미가 둑에 걸터앉아 출항하는 배를 바라보았던 곳이 이런 장소였을 것만 같다.

분노를 느꼈고, 만약 대화가 통하고 상처를 치료해주는 의사가 있었다면 말들도 행복했을 거라며 안타까워합니다. 그는 이러한 마음을 담아 《둘리틀 박사 이야기》를 구상했고 미국에 있는 두 자녀가 읽을 수 있도록 편지에 적어보내요. 모순 가득한 전쟁을 혐오하고, 평화를 바라며, 모든 생명을 사랑하는 작품인 것입니다.

이런 메시지가 담긴 작품이 영국과 미국을 악마처럼 적대시한 군국주의 일본에서 용케 2년 동안이나 잡지에 연재되었구나, 하고 놀라게 되어요. 그야말로 기적이라고밖에 할 수 없는 일이었네요. 그리고 이시이 모모코가 이 작품을 일본에 선보이기 위해 들인 헌신적인 노력도 간과할 수가 없어요. 당시 편집자였던 이시이 모모코는 훗날 이렇게 밝혔습니다. "국제 정세가 혼란스러울 때 이 책을 일본어로 옮겨 어린이들에게 꼭 읽히고 싶었어요." 이시이 모모코

잉글랜드 중부에 있는 가톨릭계 사립 학교 마운트 세인트 메리즈 칼리지Mount St Mary's College. 휴 로프팅이 다닌 학교이다.

가 시리즈 1권을 초벌 번역한 뒤 소설가 이부세 마스지에 의해 전 권 번역이 이루어졌다고 해요.

당시 시골 초등학생이었던 내게 이 작품은 세상에서 가장 신기하고 재밌는 이야기였습니다. 푹 빠져 읽었지요. 그때 동네를 어슬렁 거리는 집 없는 개를 만나면 곧잘 돌을 던져 쫓아버리곤 했는데 이 책을 읽고 난 뒤로는 한 번도 그렇게 하지 않았어요. 개에게도 언어 가 있고 개로서의 인격을 가지고 있으니 존중해줘야 한다며 나름 반성을 했던 거예요. 또 책을 되풀이해 읽으면서 언뜻 이런 생각도 했어요. '둘리틀 박사가 사는 세상에서는 인간과 동물이 이야기를 나누며 서로를 이해하는데 어째서 일본인과 적국 영미 사람들은 대화를 통해 화해하지 못하는 걸까?' 하지만 어린 나이에도 이런 속마음을 아무에게나 털어놓으면 안 된다는 것쯤은 알았기 때문에 더 깊이 생각하지는 않았어요.

　전쟁이 끝나고 대학생이 되었을 때예요. 당시 이와나미쇼텐에서 간행된 《둘리틀 박사의 바다 여행》을 읽은 나는 깜짝 놀랐어요. 마치 어제 읽은 것처럼 모든 내용이 고스란히 떠올랐기 때문이에요. 이때부터 내게 아동문학은 평생을 함께하는 벗이 되었지요.

무역항으로 번성했던 브리스틀 항의 현재

한참 뒤 나는 《둘리틀 박사의 바다 여행》의 무대 찾기에 나섰지만, 박사의 고향이 '습지 옆 퍼들비 마을'이라는 가공의 장소라는 점 외 에는 아무 단서가 없었어요. 완전히 단념하려던 차에, 이 작품의 애 독자이자 유명한 생물학자인 후쿠오카 신이치가 작품에 나오는 두 지명을 키워드로 삼아 둘리틀 박사의 고향을 브리스틀로 단정 짓 고 해당 지역을 탐방한 글을 사진과 함께 발표했습니다(신초샤 계

위 백 년 전의 브리스틀 항. 대형 선박으로 북적거렸다. **아래** 한때 무역항이었던 브리스틀 항의 현재 모습. 크레인들이 더는 사용되지 않은 채 남아 있다.

간지 《생각하는 사람考える人》 2010년 가을호의 특집편 「후쿠오카 신이치 선생님과 돌아본 둘리틀 박사의 영국」에 실렸어요).

이 글을 읽고 나는 아차 싶었어요. 약 40년 전에 반 년 동안 브리스틀 대학에 적을 둔 적이 있어서 그쪽 지역은 속속들이 알고 있었거든요. 후쿠오카 신이치는 작품 무대로 보이는 항구를 구글 지도로 찾아냈다고 하는데, 실제로 브리스틀에는 '플로팅 하버Floating Harbour'라고도 불리는, 에이번Avon 강 주변을 깎아서 만든 거대 인공 항구가 있어요.

브리스틀 항구는 흑인 노예 무역과 서인도 무역 등으로 번성했지만 대형 컨테이너선이 보급되자 무역항 기능을 잃었고, 1975년부터는 비상업용 항만으로 전환되었습니다. 내가 브리스틀에 체재했던 시기는 마침 이즈음이었는데, 항구는 거의 폐쇄된 분위기를 띠었고 볼거리라고는 항구 근처에 남아 있는 선술집 정도였어요. 이 선술집*은 로버트 루이스 스티븐슨 Robert Louis Stevenson이 쓴 《보물섬Treasure Island》 속 벤버 제독 여인숙의 모델이고요. 이런 상황이었으니 나는 항구에 들른 적이 거의 없었고, 둘리틀 박사와 연관된 곳이라고는 꿈에도 생각지 못했던 거예요.

> *랜도저 트로우Llandoger Trow라는 선술집으로, 유령이 나온다는 소문이 있어 유명했다. 2019년에 영업을 종료했다.

얼마 전에는 모처럼 브리스틀 항을 방문했어요. 후쿠오카 신이치를 따라, 토미가 돌로 된 둑에 걸터앉아 출항하는 배를 바라보는 삽화에 영감을 주었을 듯한 곳도 찾아갔지요.

그런데 황량했던 선착장 일대는 온데간데없었고, 창고들이 있던 자리에는 관광객을 끄는 레스토랑, 선술집, 쇼핑 센터가 들어서 있어서 매우 놀랐어요. 선착장에서는 화물 수송선 대신 유람선들이 바삐 오갔지요. 항구 한쪽에는 세계 최초의 철제 증기선 'SS 그레이트 브리튼SS Great Britain 호'가 전시되어 있었고, 그 근처에 생긴 박

위 브리스틀은 항만이 깊숙한 곳까지 이어져 있는 독특한 도시다. 지금은 유람선들이 물 위를 채우고 있다. **아래** 펜잰스Penzance에 있는 오래된 선술집 벤보 제독Admiral Benbow(본문에서 소개한 선술집과는 다른 가게이다).* 벤보 제독은 스페인 선박을 약탈해 이름을 떨친 해적이다.

*브리스틀의 랜도저 트로우 선술집과 펜잰스의 벤보 제독 선술집 둘 다 《보물섬》에 나오는 벤버 제독 여인숙에 영감을 준 곳이라고 한다.

물관*도 보였습니다. 항구 북쪽 해안에는 잘 정돈된 아파트 단지가 들어서 있었어요. 둘리틀 박사가 살았던 항구 도시 브리스틀이 이제는 관광 도시로 새로이 탈바꿈한 거예요.

*원래 이곳에 브리스틀 상업 박물관Bristol Industrial Museum이 자리했지만 2006년에 폐관했다. 2011년에 엠 세드M Shed라는 박물관이 새로 들어섰다.

일본어판《둘리틀 박사의 항해기》휴 로프팅 지음, 이부세 마스지 옮김, 이와나미소년문고
한국어판《둘리틀 박사의 바다 여행》휴 로프팅 지음, 임현정 옮김, 궁리

동물과 대화할 수 있는 둘리틀 박사는 소년 토미, 동물들과 함께 모험을 겪으며 바다 위를 떠도는 거미원숭이 섬으로 향한다. '둘리틀 박사' 시리즈의 두 번째 작품이다.

《The Children of Green Knowe》 Lucy M. Boston

《비밀의 저택 그린 노위》

루시 M. 보스턴

노르만 시대에 지어진 장원 저택

《비밀의 저택 그린 노위》의 저자 루시 M. 보스턴은 1892년 잉글랜드 랭커셔 주의 사우스포트Southport에서 태어났어요. 이탈리아와 오스트리아에서 화가로 활동하던 보스턴은 잉글랜드의 케임브리지셔 주로 이주한 뒤, 오래전에 헤밍퍼드 그레이Hemingford Grey 마을에서 눈여겨본 적 있던 그린 노위 저택을 1939년에 사들입니다. 이집은 1130년경에 노르만 양식으로 지어진 오래된 장원 저택이에요. 보스턴은 약 8백 년이라는 세월 동안 저택에 점점 보강된 좋은 부분들을 발굴하면서 개축을 거듭했고, 예스러운 모습으로 복원하는 데 성공하지요.

이 유서 깊은 집을 진심으로 아끼고 자랑스러워했던 보스턴은 저택에 대한 애정을 담아 '그린 노위 이야기'를 쓰기로 했어요. 그때 나이가 이미 예순둘이었습니다. 이 '그린 노위 이야기'는 《비밀의 저택 그린 노위》(1954)로 시작해 《그린 노위의 돌The Stones of Green Knowe》(1976)로 끝나는 총 여섯 작품으로 구성되어 있어요. 모든

위 12세기에 지어진 노르만 양식 장원 저택. 루시는 이 저택을 복원하고 '그린 노위 이야기의 무대'라는 새로운 생명을 불어넣었다. **아래** 눈 쌓인 날, 톨리는 우산처럼 펼쳐진 주목나무 가지 아래에서 신비로운 친구들을 만난다.

작품의 핵심 요소가 그린 노위 저택이라는 점은 자명하지요.

오래전에 후쿠온칸쇼텐이 발행했던 잡지 《어린이의 집子どもの館》에는 해외 작가 인터뷰들이 연재되곤 했어요. 루시 M. 보스턴 편을 보면, 인터뷰어로서 그린 노위를 찾은 E. 피셔가 보스턴에게 "내가 이제 '그린 노위 이야기'의 세계로 들어가는 거구나"라고 느꼈다고 하자 보스턴이 "바로 그래요"라고 답하지요.

실제로 내가 그린 노위를 방문해보니 건물 자체를 포함해 작품 속에 그려진 세계가 똑같이 존재해 있어서 보스턴이 저택을 보고 이야기를 지었는지 저택을 이야기에 맞추어 꾸민 건지 판단하기 어려웠어요. 정원에는 사악해 보이기는커녕 작고 귀엽기만 한 '그린 노아'(저주받은 주목나무예요. 지금은 사라지고 없어요), 주목나무 잎과 가지로 만든 초록 사슴 '그린 디어', 눈 쌓인 날 신비한 아이들과 작은 동물들이 밑동에 모였던 커다란 주목나무가 있었지요. 또 《그린 노위의 이방인A Stranger at Green Knowe》에서 고릴라 한노가 몸을 숨겼던 덤불 자리에는 대숲이 자그맣게 남아 있었어요.

저택 내부 역시 정원에 뒤지지 않을 만큼 '그린 노위 이야기' 속 세상에 가까웠습니다. 작품 속 목각 생쥐 인형, 새 둥지, 알렉산더

가까운 세인트 아이브스St Ives의 노리스 박물관Norris Museum에는 '그린 노위 이야기'의 여섯 번째 작품 《그린 노위의 돌》 속 돌의자의 모델이 있다.

위 그린 노위 저택 앞을 유유히 흐르는 그레이트 우즈Great Ouse 강. 강 너머로 교회 탑이 보인다. **아래** '물의 고장'으로 알려진 헤밍퍼느 그레이의 어떤 집. 오래된 이엉을 얹은 지붕이 눈에 띈다.

의 플루트, 흔들 목마, 버드나무 가지로 엮은 새장 등을 전부 집 안에서 찾아볼 수 있더라고요. 앞서 언급한 E. 피셔만이 아니라 이곳을 찾은 이라면 누구나 발을 들인 순간 이야기 속 세계로 빠져들게 되지요.

루시 M. 보스턴 작가가 손수 안내해준 정원

1979년, 나는 소도시 세인트 아이브스를 출발해 풀이 우거진 그레이트 우즈 강변 초원에 난 도보 코스 우즈 밸리 웨이Ouse Valley Way를 따라 '물의 고장' 헤밍퍼드 그레이에 도착했어요. 강기슭에서 그린 노위 저택 정원을 바라보니 정원에 여럿 있는 체스 말 모양 식물 장식과 벽돌 건물의 세모난 지붕이 눈에 들어왔지요. 그때 정원에서 풀을 뽑던 청년이 다가와 무슨 일이냐고 묻더군요. '그린 노위 이야기'에 나오는 집을 보러 왔다고 답하자 그는 잠깐 기다리라고 하더니 저택 쪽으로 걸어갔습니다. 잠시 뒤, 풍채가 좋은 노부인이 손을 흔들면서 "Come on! Come on!" 하고 외치며 달려왔어요. 보스턴 씨와의 첫 만남은 이렇게 시작되었습니다. 나는 유명한 영국 작가를 사전 약속도 없이 만났다는 사실에 매우 놀랐고 보스턴 씨의 소탈한 태도에 크게 감동받았어요.

"지금은 손님이 와 있으니 우선 들어와서 2층이나 3층을 자유롭게 구경하고 있어요. 내 책을 읽었으니 굳이 설명하지 않아도 잘 알겠죠?" 나는 보스턴 씨의 말대로 마음껏 집을 둘러봤어요. 오래된 축음기가 놓여 있는 2층의 음악실을 살펴본 뒤 경사가 급한 계단을 올라 3층의 삼각 방을 구경했습니다. 천장이 세모난 삼각 방은 주인공 톨리가 쓴 방이겠지요. 작은 어린이용 침대와 빅토리아 시대에 만들어진 흔들 목마가 있었어요. 장난감 상자에는 조립식 플루

위 그린 노위 저택 3층에 있는 톨리의 방. 흔들 목마, 새장, 목각 생쥐 인형 등이 놓여 있다. **아래** 작품에 등장하는 쓸루트, 삽, 나무 인형 등이 붉은 장난감 상자에 가득 담겨 있다.

위 1층에 있는 차 마시는 공간. 창가에 보스턴 씨가 손수 만든 사랑스러운 퀼트 커튼이 걸려 있다. **아래** 2층에 있는 음악실은 12세기에 세워진 두꺼운 돌벽으로 둘러싸여 있다. 예스러운 축음기가 보인다.

트, 삽, 나무 인형, 러시아 전통 인형 마트료시카 등이 들어 있었고
요. 천장에 매달린 새장도 똑같이 문이 열려 있었습니다. 이런 소품
하나하나를 만지고 감촉을 느끼는 동안, 나는 '그린 노위 이야기'
속으로 들어간 듯한 기분이 들었어요.

　손님이 돌아간 후 보스턴 씨는 나를 정원으로 안내했어요. 흐드
러지게 핀 갖가지 여름 꽃, 저택 뒤편에 있는 초록 사슴 모양 식물
장식, 엘리자베스 여왕의 즉위 기념 체스 말 모양으로 만든 식물 장
식 등을 둘러보며 다양한 이야기를 들려주었지요. 이때 보스턴 씨
는 여든일곱 살이었는데 매우 건강해 보였습니다. 나는 이듬해에
기회가 생겨 한 번 더 뵐 수 있었지요. 그 뒤 보스턴 씨는 아흔일곱
살이 되던 해에 세상을 떠났고, 이웃 마을인 헤밍퍼드 애벗츠
Hemingford Abbots의 성 마거릿St Margaret 교회 묘지에서 안식을 취하
고 있습니다.

일본어판《그린 노위의 아이들》루시 M. 보스턴 지음, 피터 보스
턴 그림, 가메이 슌스케 옮김, 효론샤
한국어판《비밀의 저택 그린 노위》루시 M. 보스턴 지음, 피터 보
스턴 그림, 김옥수 옮김, 비룡소

겨울 방학을 맞이한 톨리는 기숙학교를 떠나 증조할머가
사는 그린 노위 저택에서 지내게 된다. 톨리는 오래된 저택
에서 3백 년 전에 살았던 아이들을 만나는데…….

《피터 팬》

제임스 매튜 배리

어른이 되는 것에 대한 불안에서 태어난 '영원한 소년'

제임스 매튜 배리는 1860년, 스코틀랜드 중동부의 키리뮤어Kirriemuir 마을에서 직물공의 아들로 태어났어요. 배리가 여섯 살 때, 열세 살이었던 둘째 형 데이비드가 스케이트를 타다가 넘어져 사망합니다. 학업 성적이 우수하여 형제 중에서도 많은 기대를 받았던 데이비드가 죽자 어머니는 크나큰 충격에 쓰러졌고 평생 딸의 간호를 받으며 살았지요. 어린 배리는 자신을 죽은 형처럼 꾸며 어머니를 위로하려 애썼다고 해요. 이때의 경험에서 훗날 극작가가 된 배리가 '영원히 자라지 않는 소년'이라는 이미지를 떠올린 것이 아닐까, 라고들 합니다.

그런데 배리도 다른 의미에서 어른이 되지 못했어요. 자라서 에든버러 대학에 입학했을 때 그의 키는 약 152센티미터였고 체구는 가늘었으며 성격은 애처로울 정도로 내향적이고 예민했지요. 당시 그의 노트는 어른이 되는 것에 대한 불안으로 가득 차 있었다고 해요. 배리는 《노팅엄 저널Nottingham Journal》의 기자로 일한 뒤에 런던으

꽃이 가득 핀 켄싱턴 가든스Kensington Gardens의 사우스 플라워 워크South Flower Walk.

로 넘어왔고, 30대 초반부터 작가의 길을 걷기 시작했어요. 1894년에 배우 메리 앙셀Mary Ansell과 결혼했고, 이후 공원 켄싱턴 가든스 가까이에 있는 글로스터 로드Gloucester Road에 신혼집을 마련했지요. 날마다 켄싱턴 가든스를 산책하던 배리는 그곳에서 아주 멋진 아이들 조지, 잭, 피터를 만나게 되어요. 이 소년들은 젊은 변호사 아서 르웰른 데이비스Arthur Llewelyn Davies의 아들이었지요. 그 뒤에 마이클과 니콜라스가 태어나요. 배리는 이 다섯 아이와 함께 켄싱턴 가든스에서 놀기도 하고 근처에 있는 데이비스의 집에도 자주 드나들었다고 합니다. 배리가 가장 사랑했던 아이는 첫째 조지와 아기 때부터 자라는 모습을 지켜봤던 넷째 마이클이었어요.

데이비스가 아이들에게 바친 헌신과 애정

배리는 데이비스가 아이들과 함께 겪은 일들을 소재로 삼아 1902년에 소설 《작고 하얀 새The Little White Bird》를 씁니다. 4년 뒤인 1906년에는 이 작품의 13장부터 18장까지를 떼어 소설 《켄싱턴 가든스의 피터 팬Peter Pan in Kensington Gardens》으로 출간하지요. 한편 1904년에는 희곡 《피터팬, 또는 자라지 않는 소년Peter Pan; or, the Boy Who Wouldn't Grow Up》이 런던의 듀크 오브 요크스Duke of York's 극장에서 상연되어요. 연일 성황을 이룬 이 연극은 평일 낮 공연을 포함하여 총 145회나 상연되었고, 1915년까지 매년 크리스마스 연극으로 무대에 오르며 전석 매진을 기록해요. 그리고 1911년에는 《피터 팬》이라는 소설이 출간되지요.*

1906년, 아서 르웰른 데이비스가 암 진단을 받습니다. 배리가 나서서 치료비를 모두 부담하고 그의 아내 실비아Sylvia를 적극

*1904년 12월 27일에 첫 상연된 〈피터팬, 또는 자라지 않는 소년〉과 소설 《피터 팬》은 내용이 조금 다르다. 배리는 초연 후 만족하지 못하고 오랫동안 계속 극본을 수정했기 때문에 시기에 따라 각기 다른 내용의 극이 상연되었다. 1911년에 출간된 소설 《피터 팬》은 이 희곡 수정 작업 중간에 발표된 작품이다. 최종 극본은 1928년이 되어서야 출판되었다.

적으로 도왔지만 1년간의 투병 끝에 아서는 생을 마감해요. 곧 실비
아도 암에 걸려 자리에 눕자, 자신이 이상적인 가정으로 여겼던 데
이비스 일가가 무너지는 모습에 배리는 큰 충격을 받았어요. 한편
1909년에 아내 메리의 불륜이 드러나 배리는 이혼을 합니다. 혼자
가 된 배리는 실비아와 다섯 아이를 돌보는 데 집중하지요. 1910년
에 실비아마저 세상을 떠나자 배리는 남겨진 아이들의 후견인으로
나섭니다. 배리가 그려온 환상은 '어른이 된 피터 팬이 고아 다섯을
거둬야 하는' 차가운 현실로 뒤바뀌게 되었어요.

하지만 불행은 이것으로 끝이 아니었고 비극과 환멸로 가득 찬 삶

런던의 듀크 오브 요크스 극장. 1904년 개막
한 〈피터 팬, 또는 자라지 않는 소년〉은 연일
대성황을 이루었다.

켄싱턴 가든스에 세워진 피터 팬 동상. 배리는 아이들을 놀라게 해
주려고 한밤중에 몰래 동상을 설치했다.

이 찾아옵니다. 제1차 세계 대전이 일어난 이듬해인 1915년, 자원입
대한 첫째 조지가 플랑드르Flanders에서 전사해요. 1921년에는 배리
가 가장 사랑했고 재능이 많았던 넷째 마이클이 옥스퍼드 대학 동
기인 루퍼트 벅스턴Rupert Buxton과 함께 템스 강의 샌퍼드Sandford 못
에서 익사한 채로 발견되어요. 둘은 꼭 껴안은 상태였고, 동반 자살
로 추정되기도 했습니다.

마이클의 죽음으로 배리의 삶은 뿌리째 흔들렸지요. 그는 거의 집
에 틀어박혀 나오기를 꺼렸고 누구와도 만나려 하지 않았어요. "세
상이 변해버렸어. 마이클은 나의 세상이었거든"라고도 했지요.

런던에서 노년을 홀로 보낸 배리는 성격까지 어두워졌지만 나중
에는 조금씩 고독에서 헤어나와 친구들을 만나기도 했다고 해요.
1937년, 배리는 77세의 나이로 눈을 감았고 고향 키리뮤어의 묘지
에 묻혔습니다.

피터팬이 탄생한 켄싱턴 가든스

배리와 데이비스가 아이들이 만났던 켄싱턴 가든스에는 멋진 피터
팬 동상이 세워져 있어요. 이 동상은 공원에 놀러온 아이들을 놀라
게 해주려고 배리가 비밀리에 계획한 것으로, 1912년 4월 30일 한
밤중에 설치되었다고 해요. 또 배리가 《켄싱턴 가든스의 피터 팬》
에 그려낸 피터 팬 섬의 모델은 이 공원의 서펀틴Serpentine 호수에
있는, 일명 '새의 섬Bird Island'입니다.

러셀Russell 광장 근처에는 런던에서 제일가는 아동 병원인 그레
이트 오먼드 스트리트 병원Great Ormond Street Hospital이 있는데, 배리
는 이곳에 '피터 팬' 관련 저작권을 모두 기증했으며, 여전히 이 병
원에서 권리를 보유하고 있다고 해요.*   *이 병원은 영국 당국의 허가로 저자 사후
70년이 지났어도 영국 내의 '피터 팬' 관련
저작권을 소유하는 중이다.

위 배리가 파넘Farnham에 구입한 별장 블랙 레이크 코티지Black Lake Cottage. 희곡 《피터 팬, 또는 자라지 않는 소년》은 이 별장 일대를 무대로 삼아 집필되었다. **아래** 희곡 《피터 팬, 또는 자라지 않는 소년》에 나오는 '인어의 호수Mermaids' Lagoon'와 '버림받은 자들의 바위 Marooners' Rock'는 별장 근처에 있는 호수 블랙 레이크가 모델이다.

1901년 배리는 런던에서 60킬로미터 떨어진 파넘에 있는 별장 블랙 레이크 코티지를 삽니다. 근처 농가도 빌린 그는 데이비스가를 초대해 다섯 아이와 함께 뒷산과 호수에서 아메리칸 원주민 놀이, 해적 놀이를 하며 여름 한 철을 보냈어요. 1904년에 공개된 연극 〈피터 팬, 또는 자라지 않는 소년〉에서 해적과 인디언이 격렬하게 싸우는 장면은 파넘 별장 근처의 소나무 숲에서 아이들과 즐겼던 놀이로부터 아이디어를 얻었으며, 극 중에 나오는 '인어의 호수'와 '버림받은 자들의 바위'는 블랙 레이크 호수에서 영감을 얻었습니다.

　노년의 배리를 비탄에 잠기게 한, 배리가 가장 사랑했던 마이클의 익사 사건이 일어난 곳은 옥스퍼드 교외에 있는 샌퍼드라는 못이에요. 못가에 세워진 오벨리스크 형태의 비석에는 마이클을 포함해 이곳에서 익사한 옥스퍼드대 학생 다섯 명을 기리는 흔적이 남아 있습니다.

일본어판《피터 팬과 웬디》제임스 메튜 베리 지음, 프란시스 던킨 베드포드 그림, 이시이 모모코 옮김, 후쿠인칸쇼텐
한국어판《피터 팬》제임스 메튜 베리 지음, 프란시스 던킨 베드포드 그림, 장영희 옮김, 비룡소

어느 날 밤, 어른이 되기 싫어하는 영원한 소년 피터 팬이 불쑥 웬디의 방을 찾아온다. 웬디와 동생들은 요정 팅커 벨의 마법 가루 덕에 하늘을 날아 네버랜드로 떠난다.

《버드나무에 부는 바람》

케네스 그레이엄

은행가였던 저자의 심신을 달래준 강물 소리

《버드나무에 부는 바람》은 《이상한 나라의 앨리스》, 《피터 래빗 이야기》와 함께 영국 아동문학사상 불멸의 명작으로 불리는 작품이에요. 케네스 그레이엄은 어릴 적에 사랑하는 어머니를 잃고 아버지에게는 버림받고 할머니에게서 천덕꾸러기 취급을 당하는 등 불우한 환경에서 유년 시절을 보냈어요. 그의 외로운 마음을 다독이고 평생 잊지 못할 추억을 만들어준 것은 다름 아닌 할머니의 저택 마운트Mount 근처를 흐르는 템스 강의 아름다운 자연이었지요.

성인이 된 그레이엄은 잉글랜드 은행에 입사하는데, 이는 고아가 무슨 대학이냐며 일이나 하라는 숙부의 강요 때문이었어요. 오랫동안 옥스퍼드 대학을 동경했던 그레이엄의 꿈은 이렇게 무참히 짓밟혔습니다. 그러나 당시 잉글랜드 은행의 근무에는 시간적 여유가 있어서, 그는 남는 시간을 이용해 남몰래 문학 공부에 몰두했어요. 은행 일도 성실히 한 그레이엄은 1898년에 39세의 젊은 나이로 총무부장Company Secretary이라는 높은 직위를 얻게 되지요.

　　동시에 오랫동안 창작에 들인 노력이 이 무렵 결실을 맺습니다. 어린 시절 경험을 바탕으로《황금 시대The Golden Age》(1895)와《꿈 속의 나날Dream Days》(1898)을 잇달아 집필하면서 문단에서 자리를 굳히게 되지요. 그런데 그레이엄이 은행 일과 사생활을 엄격하게 구분한 탓에 한동안 잉글랜드 은행의 누구도 그가 유명한 작가라는 사실을 몰랐다고 해요.

　　1899년, 과로로 병을 얻은 그레이엄은 콘월 반도 남쪽의 포이 Fowey 강변에서 요양을 합니다. 대서양으로 이어지는 포이 강의 아름다운 풍경은 템스 강과 함께 그레이엄의 마음을 포근하게 감싸 주었어요. 후에 포이 강은《버드나무에 부는 바람》속 물쥐 '래트'의 고향으로 등장하지요.

포이 강가에서 건너다본 폴루언Polruan 마을.

쿡햄 딘Cookham Dean 마을에서 템스 강을 따라 올라가던 도중에 얕
은 여울에서 물놀이하는 소 떼를 만났다.

템스 강은 물살이 잔잔해서 대체로 따로 둑을 쌓지 않는다. 이층집
의 아래층을 보트 창고로 쓰거나 강기슭에 보트를 그냥 묶어두기도
한다.

아들 앨러스테어에게 들려준 이야기

포이 강 근처에서 지내던 무렵, 그레이엄은 런던에 살던 자신의 애독자 엘스피스 톰슨Elspeth Thomson과 사랑에 빠져 포이 강 부근의 성 핌버레스St Fimbarrus 교회에서 결혼식을 올려요. 그러나 그레이엄은 여성에 지나친 환상을 품고 있었던 데다 실제 인간과 친밀한 관계를 맺는 것을 어려워했던 탓에 결혼은 곧 파탄에 이릅니다. 이듬해인 1900년에 아들 앨러스테어Alastair가 태어나면서 관계가 회복될 기회가 생기지만 결과적으로 둘 사이는 더욱 나빠졌어요. 앨러스테어는 미숙아로 태어나 몸이 약했을 뿐 아니라, 오른쪽 눈은 선천성 백내장 때문에 전혀 보이지 않았고 왼쪽 눈은 심한 사시였습니다. 그렇다고 해도 그레이엄 부부가 아이의 장애를 있는 그대로 받아들였다면 행복한 가족을 이루었을 거예요. 그러나 앨러스테어는 부모가 이루지 못한 꿈과 야망까지 억지로 짊어져야 했지요. '마우스Mouse'라는 애칭으로 불린 그는 고집 세고 건방진 데다, 불편한 몸에도 짜증이 나 쉽게 화내는 성격을 가지게 되었어요.

이 무렵 그레이엄은 앨러스테어를 재우기 위해서 '두더지와 기린과 물쥐' 이야기를 지어내 들려주었어요. 1907년 여름, 부모가 자신에게 가정교사를 붙여 여행을 보내려 하자 앨러스테어는 휴가를 가면 이야기를 못 듣지 않느냐며 화를 냅니다. 그레이엄은 뒷이야기를 편지에 적어 보내겠다고 약속했고, 이렇게 아들 독자를 위한 《버드나무에 부는 바람》의 첫 연재가 시작되어요. 처음에 이 이야기는 아들에게 들려주려고 지어낸 모험담이었지만, 나중에 그레이엄이 출판용으로 고쳐 쓴 이야기는 본인의 사색이 담긴 깊이 있는 작품이 됩니다.

템스 강 근처 팽본Pangbourne 마을의 처치 코티지Church Cottage에서 여생을 보낸 그레이엄은 1932년, 73세의 나이로 숨을 거두어요. 팽

본 마을 뒤편 성 제임스St James 교회에 묻힌 그는 훗날 옥스퍼드에 있는 성 크로스St Cross 교회의 홀리웰 묘지Holywell Cemetery로 이장되지요. 이 묘지에는 옥스퍼드 대학에 다닐 때 철도 사고(사실은 사고를 위장한 자살이었어요)로 사망한 아들 엘러스테어도 함께 묻혀 있습니다.

일본어판《즐거운 강가》케네스 그레이엄 지음, 어니스트 하워드 쉐퍼드 그림, 이시이 모모코 옮김, 이와나미소년문고
한국어판《버드나무에 부는 바람》케네스 그레이엄 지음, 어니스트 하워드 쉐퍼드 그림, 신수진 옮김, 시공주니어

영국의 평온하고 아름다운 전원에서 물쥐, 두더지, 두꺼비, 오소리가 펼치는 모험 이야기.《곰돌이 푸》의 삽화를 그린 어니스트 하워드 쉐퍼드의 그림으로도 인기를 끌었다.

《Hobberdy Dick》 Katharine M. Briggs

《요정 딕》[*]

캐서린 M. 브릭스

*이 작품을 바탕으로 일본에서 애니메이션 〈요정 딕〉이 제작되어 1992년에 NHK에서 방영되었다. 한국에서는 1996년에 '콩콩돌이 펑키'라는 제목으로 방영되었다.

시간이 멈춘 듯한 코츠월즈의 마을

옥스퍼드 서쪽으로 펼쳐진 코츠월즈Cotswolds는 영국에서도 특히 풍경이 아름다운 지대로 일컬어집니다. 이곳은 예로부터 전설, 민담, 요정 이야기가 많이 전해 내려오는 유서 깊은 곳이기도 해요. 건물이 주로 노란 벌꿀 색을 띠는 석회암으로 지어져 있어 차분한 전원 분위기를 자아내고 있답니다.

14, 5세기부터 이곳에서는 목양업이 성행했고 양모상이나 모직공업에 종사하는 이들이 활발한 활동을 펼쳤어요. 17세기에 국왕과 결탁해 이익을 독점하려고 한 왕당파 대상大商들에게 대항한 이들은 올리버 크롬웰을 맹주로 맞아 청교도 혁명을 일으킨 뒤, 마침내 국왕 찰스 1세를 단두대로 보냅니다. 《요정 딕》(1955)은 이런 혼란스러운 시기를 배경으로, 코츠월즈 농촌의 한 저택에 사는 집요정의 활약을 조명한 영국 아동문학계의 걸작이에요.

위드퍼드Widford 마을의 대저택을 지키는 집요정 딕은 컬버 가문이

스윈브룩Swinbrook 마을의 성모 마리아 교회에는 페티플레이스가의
기념 조각상 여섯 개가 옆으로 누워 있다. 튜더 왕조와 스튜어트 왕
조 때 각각 세 개씩 만들어졌는데, 사진 속 조각상은 스튜어트 왕조
때 제작된 것이다.

요정 딕이 살았던 위드퍼드 마을의 대저택. 청교도 혁명이 일어난
혼란의 시기라 새로운 주인이자 청교도 집안인 위디슨가의 주변에
서 여러 변화가 일어난다. 이런 상황 속에서 딕은 집을 지키는 수호
요정으로서의 역할을 충실히 해낸다.

몰락하자 새 지주가 된 위디슨가를 주인으로 맞아들이게 됩니다. 딕은 위디슨가와 이웃 마을 스윈브룩을 다스리는 페티플레이스가 사이를 중개하고, 마녀 마더 다크에게 유괴당한 위디슨가의 차녀 마사를 구출해내는 등 집 지키는 수호 요정으로서의 역할을 충실히 해내지요. 마지막에는 컬버가가 매장한 보물을, 컬버가의 친척뻘인 앤 새커를 위한 지참금으로 조달한 뒤 위디슨가의 아들인 조엘과 앤 새커의 결혼을 성사시켜 행복한 결말을 만들어내요.

이 코츠월즈 농촌의 요정 이야기를 마치 진짜로 있었던 일처럼 생생하게 그려낸 저자 캐서린 M. 브릭스는 옥스퍼드 대학에서 오랫동안 요정 신화를 연구하며 수많은 연구서를 낸, 당대 제일가는 요정 학자였습니다.* 한편 젊었을 때부터 연극 지도나 이야기 창작 등을 통해 어린이들과 깊은 관계를 맺어왔고, 이런 경험은 《요정 딕》,《케이트의 호두Kate Crackernuts》처럼 멋진 아동문학 작품들을 탄생시키는 결실을 만들어냈지요.

*1939년, 브릭스는 코츠월즈에 자리한 소도시 버퍼드Burford에서 농가를 구입해 그곳에서 살았다. 전쟁이 한창이던 1941년에는 공군 지원병으로 자원 입대했고, 전쟁이 끝난 후에는 옥스퍼드 대학으로 돌아가 영문학 속 민담을 연구했다. 1975년, 건강이 나빠진 브릭스는 버퍼드의 농가를 정리했고 1980년에 사망했다.

20년도 더 전인 어느 해의 가을, 나는 스윈브룩 마을을 거점으로 '요정 딕'을 찾아 돌아다녔어요. 마을에 있는 성모 마리아 교회 안에는 페티플레이스가의 지주 조각상 여섯 개가 옆으로 비스듬하게 누운 채 놓여 있더라고요. 오솔길을 따라 1킬로미터 정도 걸어가자 로마인의 영령이 나타났다는 조그만 성 오스왈드St Oswald 교회도 나왔지요. 근처에 앉아 있는 노부인에게 '요정 딕'이 살았던 집이 어디 있는지 여쭈었더니 노부인은 무심히 손가락을 들어 방향을 가리켜주었습니다. 위디슨가의 대저택은 3백 년 전과 조금도 다르지 않은 모습 그대로 남아 있더군요. 마을에는 마사가 마더 다크에

스윈브룩 근처를 흐르는 윈드러시Windrush 강. 딕이 길에서 강변으로 마차를 밀어트린 곳이다.

위 가까운 테인턴Taynton 마을의 교회 묘지에는 오래되고 허물어진 무덤과 비석 들이 있다. 무덤 그늘에서 지금이라도 뾰족한 귀를 가진 요정 로브가 얼굴을 내밀 것 같다. **아래** 코츠월즈의 롤 라이트 스톤즈Rollright Stones 유적지에 있는 환상 열석 '킹스 맨King's Men.' '킹 스톤King Stone'이라 불리는 거대한 돌도 있다.*

*전설에 따르면 마녀가 코츠월즈를 지나던 왕과 병사들에게 마법을 걸어 병사들은 킹스 맨으로, 왕은 킹 스톤으로 변했다고 전해진다.

게 감금되었던 심프튼 묘, 교수대 언덕, 위들리 잡목림 등도 진짜로
존재해 있었습니다. 이처럼 나는, 어디선가 우연히 요정 딕을 만날
수 있지 않을까 싶어 설레는 마음으로 코츠월즈의 마을들 여기저
기를 걸어다녔지요.

일본어판《요정 딕의 싸움》캐서린 M. 브릭스 지음, 코델리아 존
스 그림, 야마우치 레이코 옮김, 이와나미쇼텐

위드퍼드 마을의 오래된 저택에서 수백 년이나 살고 있는
집요정 딕. 딕은 모습을 숨긴 채 조용히 활약하며 저택 사
람들을 수호한다.

아동문학 여행에 아이패드iPad를 활용하다

아동문학 작품의 무대가 된 곳을 찾아다니는 여행은 상당한 끈기가 필요한 작업이었어요. 인터넷이 없던 시기에는 목적지가 어디에 있는지 전혀 알 수 없던 적도 있었고, 그곳까지 가는 방법과 교통수단을 조사하는 데만도 상당한 품이 들었지요. 내 여행의 대부분을 차지한 영국 아동문학 작품 탐방 때는, 입수한 문헌들과 영국 지도 제작 기관 Ordnance Survey의 2만5천 분의 1 지도 및 5만 분의 1 지도에 의지해 짐작으로 이곳저곳을 찾아다녔습니다. 무작정 현지에 가서 물어물어 겨우 목적지에 도착한 경우도 적지 않았어요.

그러나 2010년경부터 아이패드iPad를 활용하면서 내 여행은 엄청난 진보를 이루었어요. 서트클리프의 《변방의 늑대》에 나오는 브레메니움 요새와 하비탄쿰 요새 등은 전문가가 아닌 나는 들어본 적도 없는 지명이었습니다. 그런데 아이패드로 인터넷 검색을 했더니 뉴캐슬 대학 고고학 조사반의 발굴 조사 보고서가 나오더라고요. 요새의

흔적과 상태가 명확히 기재되어 있을 뿐만 아니라 인근에서 발굴된 기념비와 묘비에 적힌 글의 영어 번역문까지 실려 있었어요. 그래서 대학 부속 핸콕 박물관도 방문해 발굴된 유적과 유물 들의 실물을 확인했지요.

《왕의 표식》의 배경이 된 곳을 조사할 때도 스코틀랜드 서쪽 끄트머리에 위치한 두나드 요새 등이 실제로 존재하는지조차 확인할 방법이 없었는데, 아이패드를 활용해 충분히 사전 조사를 한 덕에 현지에 찾아갈 수 있었어요. 5~6세기경 달리아드족이 왕위계승식 때 사용했다고 추측되는, 요새 정상의 큰 바위에 새겨진 발자국을 두 눈으로 직접 확인할 수도 있었고요. (이때 찍은 사진이 이와나미소년문고판 《왕의 표식》 표지 사진으로 사용되었지요.) 그뿐 아니라 두나드 요새가 외진 곳에 있음에도 불구하고, 저렴한 숙소를 예약하거나 승합 버스 시간표를 알아보는 일 등도 아이패드로 해결해 순조롭게 여행을 할 수 있었습니다. 참으로 편리한 세상이에요.

북유럽을 무대로 한 작품

《닐스의 신기한 모험》

셀마 라겔뢰프

최초의 여성 노벨 문학상 수상자

셀마 라겔뢰프는 1858년 스웨덴 중남부 배름란드Värmlands 지방에 자리한 모르바카Mårbacka 저택에서 태어났어요. 1880년대에 들어서면서 가세가 기울자 살길을 찾아 나선 라겔뢰프는 1882년 스물세 살 때 여자 고등 사범 학교에 들어갔고, 졸업 후에는 스웨덴 남부에 위치한 란스크루나Landskrona의 한 여학교에서 교사로 일하지요. 어릴 때부터 문학소녀였고 남몰래 작가를 꿈꾸던 라겔뢰프는 잡지 공모전에 1등으로 입상하여, 1891년에 《예스타 베를린 이야기Gösta Berlings Saga》를 출판해요. 당시 북유럽에서는 스트린드베리나 입센 등이 주창한 자연주의 문학이 주류였는데, 낭만주의 경향을 띤 라겔뢰프의 작품은 문학계에 새로운 바람을 불어넣으며 큰 인기를 모읍니다. 이후 라겔뢰프는 문학에 전념하고자 교직을 떠나 단편집 《지주댁 이야기En herrgårdssägen》, 장편 《예루살렘Jerusalem》 등 주목할 만한 책들을 잇달아 발표해요. 그리고 1909년에 여성 최초로, 스웨덴인 최초로 노벨 문학상을 수상합니다.

닐스의 고향이자 땅이 기름진 스코네Skåne 주는 스웨덴의 제일가는
곡창 지대이다.

지리 교재로 쓴《닐스의 신기한 모험》

노벨 문학상을 타기 전인 1902년, 라겔뢰프는 스웨덴 교사 협회로 부터 초등학생 대상 자연·지리 교재를 써 달라는 요청을 받아요. 스 웨덴은 1842년에 초등 교육이 의무화되었고, 20세기로 접어들자 교육 현장에서는 새로운 교육법을 찾고 있었습니다. 이러한 교육 근대화 흐름에 공감했던 라겔뢰프는 기꺼이 책을 쓰기로 하지요.

어떻게 하면 아이들이 스웨덴 지리를 재밌게 익힐 수 있을까 궁 리한 라겔뢰프는 몸이 작아진 닐스가 거위를 타고 스웨덴을 일주 하는 이야기를 씁니다. 1906년에《닐스의 신기한 모험》제1권이 나 왔고 이듬해에는 제2권이 출간되었어요. 그런데 라겔뢰프는 이 책 을 쓸 때 안데르센 이야기에서 영감을 받은 모양이에요.

라겔뢰프가 아이들에게 스웨덴의 자연과 지리에 대해 어떻게 설 명하는지 그 일부분을 소개해볼게요. 스웨덴은 국토의 약 60퍼센 트가 숲으로 덮여 있어요. 또 땅 대부분이 농업에 적합하지 않아 영 국처럼 숲을 베어내 농지나 목초지를 만들 수도 없지요. 하지만 근 대에 접어들어 스웨덴은 광산을 개발하면서 숲을 본격적으로 없애

실얀Siljan 호숫가의 기다란 잔교棧橋가 호수의 굽이진 쪽으로 뻗어 있다. 축제 날 밤에는 잔 교 끝에 사람들이 모여 합창을 한다.*

*닐스는 4월 30일에 실얀 호숫가에 자리한 래트빅Rättvik 마을에서 '발푸르기스의 밤 축제'를 목격한다. 이때 주민들이 호숫가 에서 봄을 깨우는 노래를 합창한다.

검은 쥐들과 회색 쥐들이 싸움을 벌인 글리밍에후스Glimmingehus
성. 스코네 주의 동남쪽에 자리한, 돌로 지어진 견고한 요새이다.

기 시작했어요. 당시 철광석을 녹일 때에는 나무를 태워 만든 목탄을 연료로 썼지요. 석탄에는 유황 성분이 있어 연료로 쓸 수 없었거든요. 이에 더해 광산 주변에 공장과 노동자용 주택까지 들어서자 목재 수요가 올라갔습니다. 광산 개발 때문에 스웨덴의 숲은 하루가 다르게 파괴되어 갔어요.

숲 하나가 생기려면 기후가 온난한 지역에서는 60년 정도가 걸리지만, 북극권에 가까워 날씨가 추운 스웨덴에서는 60년의 세 배가 넘는 2백 년가량이 걸립니다. 따라서 광산을 개발한답시고 숲을 계속 베어낸다면 숲은 곧 사라지고 말겠지요. 그런데 다행인지 불행인지 스웨덴은 광물 자원이 적어 광산을 많이 만들지 못했고 숲은 완전히 소실되지 않았습니다.

20세기에 접어들어 서유럽에서 목재가 부족해지자 스웨덴에서

닐스가 여행을 시작한 벰멘회그Vemmenhög 마을에 있던 '닐스의 집.'
이엉을 지붕에 얹은 오래된 농가였다. 지금은 화재로 소실되었다.

룬드Lund 대성당. '서쪽에는 런던, 동쪽에는 룬드'라고 일컬어졌던
룬드는 북유럽 문화와 종교의 중심지였다.

위 칼스크루나Karlskrona 대광장의 프레드릭 Fredrik 교회 앞에 서 있는 스웨덴 왕 칼 11세 동상. **아래** 광장을 걷고 있던 기러기.

위 빨갛게 칠한 목조 건물이 아미랄리티Amiralitet 교회이다. **아래** 입구에는 이 교회를 지키는 목각상 로젠봄Rosenbom이 서 있다. 작품 속에서 로젠봄은 칼 11세의 동상에게 쫓기던 닐스를 구한다.

위 닐스 일행이 방문했던 고틀란드Gotland 섬의 도시 비스뷔Visby는 기후가 온난해서 거리마다 꽃들이 가득하다. **아래** 작품 속에서 비스 뷔는 바닷속으로 가라앉은 전설의 섬 비네타Vineta와 비교된다. 비 스뷔에 있는 중세 교회 대부분은 폐허가 되었고, 성 니콜라스St Nicholas 교회도 그중 하나이다.

는 나무판 등을 만드는 제재업이 성장했고, 그동안 손대지 않았던 북부 지방의 숲이 개발되기 시작했어요. 이를 계기로 스웨덴은 숲을 잘만 가꾸면 목재를 얻을 수 있다는 것을, 즉 '지속 가능한 숲의 유용성'을 깨닫게 되어요.

주인공 닐스가 사는 스웨덴 남부의 스코네 주는 땅이 기름져 농사 짓기에 좋지만, 중부와 북부 지방은 땅이 메말라 농업만으로는 먹고살기 힘들어요. 이곳 사람들은 광산업이나 돌려짓기(윤작)가 가능한 산림업을 하며 살아갑니다.

이처럼 《닐스의 신기한 모험》에는 각 지방의 다양한 특성이 고루 담겨 있어 어린이들이 스웨덴의 자연과 지리를 이해하면서 익혀나갈 수 있어요.

시대를 앞서 헤아린 환경 문제

근대화가 진행되어 산업이 발달함에 따라 자연 파괴와 환경 오염이 일어났고 이는 현대 사회에서도 큰 문제가 되고 있습니다. 라겔뢰프라면 이 문제를 어떻게 생각했을까요? 라겔뢰프가 《닐스의 신기한 모험》을 쓴 약 백 년 전에는 근대 산업들이 막 발을 떼기 시작했을 때라 환경 문제가 지금처럼 심각하지는 않았어요.

닐스가 제철소에 간 이야기에서 인간 중심 개발과 환경 보호 문제가 다루어지지만, 우리가 무엇을 우선시해야 하는지는 명시되어 있지 않아요. 이 문제에 대한 결론을 근대화 초입 시대에 살던 라겔뢰프가 깊이 통찰할 수는 없었겠지요. 다만 아빠곰의 입을 빌려 '인간의 이익을 우선시하는 사회를 경계하자'라는 메시지를 전한 점은 높이 평가할 만해요.

작품 마지막에서 닐스와 기러기 무리가 헤어질 때 대장 아카는 이렇게 말합니다.

잘 들어. 우리와 여행하면서 너는 인간이 이 세상을 독차지해서는 안 된
다는 것을 배웠을 거야. 인간은 넓은 땅을 갖고 있으니 물속 바위, 얕은
호수와 습지, 적막한 벼랑, 외딴 숲을, 우리처럼 약하고 가엾은 생물들이
맘껏 살아갈 수 있도록 조금은 남겨줬으면 한다.

이 문장이야말로 라겔뢰프가 《닐스의 신기한 모험》을 통해 전하려
했던 메시지가 아닐까요? 제철소와 곰, 평화의 숲Fridskogen에 대량
으로 나타난 나방 유충, 토케른Tåkern 호수의 간척 사업 등의 에피
소드는 각각 독립적이지만, 담긴 주제는 아카의 말과 결국 똑같다
고 생각해요. 인간을 우선시하는 사회를 경계하자는 것이지요. 동
물과 인간의 공생, 곧 '사람은 자연과 더불어 살아야 한다'는 것이
이 작품의 가장 중요한 테마예요.

일본어판 《닐스의 신기한 여행》 셀마 라겔뢰프 지음, 히시키 아
키라코 옮김, 버틸 리벡 그림, 후쿠인칸쇼텐

심술을 부리다가 마법에 걸려 몸이 작아진 닐스는 거위 모
르텐을 타고 기러기들과 함께 하늘을 날며 스웨덴 곳곳을
여행한다. 스웨덴의 고전 아동문학 작품.

《사자왕 형제의 모험》을 쓴
아스트리드 린드그렌의 세계

아스트리드 린드그렌

90편 이상의 다채로운 작품을 집필한 북유럽 대표 작가

아스트리드 린드그렌은 1907년 스웨덴 남부 스몰란드Småland 지방
의 작은 도시 빔메르뷔Vimmerby 교외에 자리한 농장 네스Näs에서
태어났어요.* 린드그렌은 거침없는 상상
력으로 《내 이름은 삐삐 롱스타킹Pippi
Långstrump》(1945)을 비롯해 잇달아 작품

*네스는 이곳 목사관의 소작 농장이었고
1895년부터 린드그렌 집안이 소작농으로
입주해 농사를 지었다.

을 써냈고, 시력이 떨어져 작업하기 어려워진 1990년대까지 90권
이상의 책을 펴냈습니다. 린드그렌의 작품을 읽고 나면 모두 한 사
람이 썼다고는 여겨지지 않을 만큼 작풍이 다채로운 점에 놀라게
되어요. 린드그렌의 작품 세계를 성격별로 정리해보면 다음과 같
이 네 가지로 나눌 수 있을 거예요.

첫 번째는 《내 이름은 삐삐 롱스타킹》이나 《지붕 위의 카알손
Lillebror och Karlsson på taket》처럼 에너지와 생기가 넘치는 어린이를 그

테마 파크 아스트리드 린드그렌 월드Astrid Lindgrens värld에서는 삐삐
의 공연이 열린다.

린 작품들입니다.《내 이름은 삐삐 롱스타킹》은 린드그렌의 어린 딸 카린이《키다리 아저씨》에 나오는 '긴 다리 아저씨'를 '긴 양말을 신은 삐삐'로 바꿔 말하며 이 아이가 나오는 이야기를 들려 달라고 조른 데서 태어난 작품이에요. 삐삐가 살아가는 방식이 자유분방하고 평범하지 않다는 이유로 당시 많은 출판사에서 거절을 당했지만, 막상 책이 나오자 어린이 독자에게서 엄청난 사랑을 받았고, 그 덕분에《꼬마 백만장자 삐삐Pippi Långstrump går ombord》,《삐삐는 어른이 되기 싫어Pippi Långstrump i Söderhavet》가 잇달아 출간되지요.

　두 번째는《떠들썩한 마을의 아이들Alla vi barn i Bullerbyn》이 포함된 '불러뷘 아이들Barnen i Bullerbyn' 시리즈와 '마디타Madicken' 시리즈입니다. 첫 번째 작품들과 달리 이 작품들에서는 어떤 기상천외한 사건도 일어나지 않지만, 어린이들의 일상생활, 특히 형제자매나 친구들 사이에서 벌어지는 일들이 아주 선명하게 묘사되어 있어요. 이제는 점점 희귀해지고 있는 '어린아이 시절'을 되살려내 찬양하는 작품이라고 할 수 있겠지요. 당시《떠들썩한 마을의 아이들》을 읽은 한 어린이 독자가 린드그렌에게 이런 편지를 보냈다고 해요. "진짜로 '떠들썩한 마을'이라는 곳이 있나요? 그렇다면 빈에서 더 이상 살고 싶지 않아요."

　세 번째는《라스무스와 방랑자Rasmus and the Vagabond》, '소년 탐정 칼레Mästerdetektiven Blomkvist' 시리즈 등, 아이들의 우정과 모험을 그린 이야기들이에요. 모험심 넘치는 어린이들이 현대 사회에서 일어난 여러 사건을 해결해나가는 과정이 생생하게 그려져 있지요.

어린이의 슬픔과 아픔을 노래한 작품

네 번째는《미오, 나의 미오Mio, min Mio》와《사자왕 형제의 모험 Bröderna Lejonhjärta》등의 작품들입니다. 이 이야기들은 지금까지 언급한 작품들과는 느낌이 확연히 달라요.《사자왕 형제의 모험》을 일본어로 번역한 오쓰카 유조는 옮긴이 후기에 이런 말을 썼어요.

린드그렌이 쓴 작품에는 아름다운 상상력이 넘쳐흐르고, 때로 이 작품들은 슬픔을 노래해 읽는 이의 마음을 뒤흔듭니다. 저자는 몇 년마다 주기적으로 이런 작품들을 발표해왔어요.

단편집《엄지 소년 닐스Nils Karlsson Pyssling》에 수록된 「어스름 나라에서I Skymningslandet」(동명의 그림책도 출간되어 있어요)에서는 침대에 누워만 지내는 소년이 신비로운 조그만 신사의 안내를 받아 무엇이든 할 수 있는 세계로 날아가지요. 또《미오, 나의 미오》에는 그리운 아버지를 찾아 머나먼 나라로 날아간 고아 소년이 왕자가 되어 어둠의 기사와 싸우는 이야기가 환상적이면서 아름답게 그려져 있습니다. 린드그렌은 고통스러운 환경에 처한 작은 주인공들을 따뜻하게 지켜보며 그들의 기쁨과 슬픔 그리고 용기를 또렷하게 묘사해요.

　1973년에 출간한《사자왕 형제의 모험》에서 린드그렌은 어린이들에게 죽음의 세계를 주저하지 않고 똑바로 이야기해줍니다. 나이가 들어 세상을 떠날 날이 좀 더 가까워지자 어린이들에게 죽음에 대해 들려주고 싶은 이야기가 있었던 모양이에요. 미국 작가 조너선 콧Jonathan Cott과《사자왕 형제의 모험》에 대해 대담을 나누는 자리에서 린드그렌은 이렇게 말했어요.

이 이야기가 죽음을 두려워하는 아이들의 마음을 달래주면 좋겠어요. 죽음을 무서워하는 아이들은 정말 많으니까요.(《새벽녘에 피리 부는 목신들: 아동문학의 지혜Pipers at the Gates of Dawn: The Wisdom of Children's Literature》(1983), 조너선 콧 지음.)

뒤죽박죽 별장과 떠들썩한 마을의 모델

린드그렌의 작품 세계에 푹 빠진 나는 그의 고향 빔메르뷔를 방문했어요. 광장에 면해 있는 스타스 호텔Stadshotell에 묵기로 한 다음 바로 근처 묘지를 찾아갔지요. 그곳에는 1860년에 세상을 떠난 요한Johan과 아카테스Achates 형제의 묘가 있어요. 린드그렌은 이 형제를 주인공들의 모델로 삼아 《사자왕 형제의 모험》을 썼습니다. 묘지를 나온 뒤 자작나무와 라일락꽃 향이 풍기는 길을 지나 농장 네스에 도착했어요. 사과밭에 둘러싸인 빨간 목조 건물이 바로 린드그렌의 생가이자 오빠 군나르와의 즐거운 추억이 가득한 곳이에요. 그 옆에 있는 좀 더 큼직한 크림색 집은 린드그렌이 열세 살 때 이사한 곳으로, 지금은 아스트리드 린드그렌 기념관으로 쓰이고 있어요. '뒤죽박죽 별장'의 모델이자 삐삐가 현관 앞 베란다에서 흰 말을 길렀던 집이지요. 옛 목사관으로 통하는 길 옆에는 삐삐가 커다란 구멍에서 레모네이드를 꺼냈던 나무의 모델인 느릅나무 고목도 남아 있더라고요.

초여름, 빔메르뷔 교외에 하얀 라일락꽃이 활짝 피어 있었다.

위 린드그렌이 태어난 빔메르뷔의 네스 농장. 린드그렌은 다락방에서 지붕을 타고 올라가 놀았다고 한다. **아래** 《사자왕 형제의 모험》 주인공들의 모델이 된 요한과 아카테스 형제의 묘.

빔메르뷔의 옛 목사관 가까이에 있는 오래된 느릅나무. 줄기에 구
멍이 뚫려 있다. 《내 이름은 삐삐 롱스타킹》에서는 '레모네이드가
나오는 나무'로, 《떠들썩한 마을의 아이들》에서는 보세가 달걀을 부
화시키는 '부엉이 나무'로 등장한다.

위 린드그렌은 인생 후반기를 바사 공원 Vasaparken 근처에 있는 아파트에서 보냈다. 현재 이 아파트 1층에는 해산물 요리를 파는 식당이 들어와 있다. **아래** 린드그렌의 묘. 바로 가까이에 부모님과 오빠 군나르의 무덤이 있다.

박스홀름Vaxholm 섬에서 본 귀여운 나무집.《마법의 섬 살트크로칸Vi på Saltkråkan》에 나올 듯한 집이다.

위 스톡홀름은 수많은 섬으로 이루어져 있다. 수상 버스를 타고 도심으로 출근하는 사람도 많다. **아래** 스톡홀름 항구 근처의 방수탑. 꼭대기에는 바다의 신 넵투누스 동상이 세워져 있다.

빔메르뷔에서 15킬로미터 정도 떨어진 세베츠톨프Sevedstorp에는 '떠들썩한 마을'이 있어요.《떠들썩한 마을의 아이들》을 바탕으로 영화 〈떠들썩한 마을의 아이들〉*이 제작 된 이곳은 유명한 관광지가 되었지요. 마 *한국에서는 EBS '가족극장'이 '시끌벅적 마을의 아이들'이라는 제목으로 방영했다. 을에는 북유럽 느낌이 물씬 나는 어여쁜 나무집 세 채, '북쪽 집, 가운뎃집, 남쪽 집'이 나란히 서 있는데, 가운데에 있는 집이 린드그렌의 아버지가 어렸을 때 살았던 곳이에요. 그는 자식들에게 이 마을에서 보낸 어린 시절에 대해 들려주곤 했습니다. 나중에 린드그렌이《떠들썩한 마을의 아이들》을 집필하는 계기가 되었지요. 이 집 뒤편에는 작품 속에 등장하는 헛간이 실제로 있습니다. 헛간의 중이층에서 내려다보면 바닥에 건초가 산더미처럼 쌓여 있는 것이 보이는데, 그 건초 더미 위로 풀쩍 뛰어내릴 수도 있어요. 향긋한 건초 냄새를 맡으니 '떠들썩한 마을'에서 여름을 보내는 아이들의 즐거운 모습이 눈앞에 그려지더라고요.

일본어판《머나먼 나라의 형제》아스트리드 린드그렌 지음, 일론 비클란드 그림, 오쓰카 유조 옮김, 이와나미소년문고
한국어판《사자왕 형제의 모험》아스트리드 린드그렌 지음, 일론 비클란드 그림, 김경희 옮김, 창비

용감한 형 요나탄과 형을 따르는 병약한 동생 칼은 머나먼 나라 낭기열라에서 사람들을 괴롭히는 악한 독재자에 맞서 싸운다. 어린 두 형제의 우애가 아름답고 슬프게 그려진다.

《그림 없는 그림책》을 쓴 안데르센의 기쁨과 슬픔

한스 크리스티안 안데르센

유소년기를 보낸 오덴세 거리

한스 크리스티안 안데르센은 1805년 덴마크에서 두 번째로 큰 도시 오덴세Odense의 가난한 집에서 태어났어요. 부모님은 안데르센이 태어나기 2개월 전에 교회에서 결혼식을 올렸지만 살 집을 마련하지 못해 결국 안데르센은 할아버지 댁에서 세상에 나오게 되었지요. 안데르센은 어릴 때 빈민 학교(이 건물은 지금도 보존되어 있어요)를 다니기는 했지만 공부에는 영 소질이 없었습니다. 부모님처럼 가난에 허덕이다 인생이 끝나리라는 것은 불을 보듯 뻔한 일이었어요.

오덴세에는 2백 년 전 안데르센의 소년 시절을 짐작해볼 수 있는 건물과 장소 들이 잘 보존되어 있어요. 이곳들을 돌며 안데르센의 삶의 궤적을 따라가볼까요.

한스 크리스티안 안데르센 기념관Hans Christian Andersen Museum에

위 오덴세에 있는, 집 세 채가 이어진 건물. 맨 오른쪽이 안데르센이 유년 시절을 보낸 집이다. **아래** 동화 정원Eventyrhaven 옆을 흐르는 오덴세 강 기슭에는 안데르센의 어머니가 세탁부로 일했던 빨래터가 남아 있다.

속한 '안데르센 유년 시절의 집H.C. Andersens Barndomshjem'*은 그가 두

살부터 열네 살까지 산 곳이에요. 방이

두 칸뿐인 매우 작은 집으로, 안에는 안

데르센이 침대 대신 사용했던 나무 벤

*안데르센이 코펜하겐으로 떠나기 전까지
살았던 집으로, 1930년에 단장되어 대중에
개방되었다.

치가 있어요. 「눈의 여왕Snedronningen」은 바로 이 집에서 영감을 얻

어 탄생한 작품이래요.

　집 근처에 있는 성 크누트Sankt Knud 성당은 안데르센의 부모가

결혼식을 올린 곳이자 1816년에 아버지의 장례가 치러진 곳입니다.

1819년, 열네 살인 안데르센은 이 성당에서 견진 성사를 받았어요.

어머니로부터 받은 새 구두가 어찌나 마음에 들었던지 안데르센은

설교는 듣는 둥 마는 둥 구두만 바라봤다고 해요. 이 에피소드는 훗

날 동화 「빨간 구두De røde sko」로 다시 태어납니다.

　또 동화 정원 옆에는 오덴세 강이 흐르는데, 세탁부로 일하던 안

데르센의 어머니가 옷가지를 빨던 빨래터 흔적이 기슭에 남아 있

어요. 발이 늘 물에 젖어 차가웠던 어머니는 진처럼 독한 증류주를

줄곧 마셔댔고 나중에 알코올 금단 증상 때문에 숨을 거둡니다. 강

근처에는 당시 어머니가 수용되었던, 옛 수도원을 사용한 그레이

프라이어스 병원Gråbrødre Hospitalet도 남아 있어요.* 어머니뿐 아니

라 할아버지도 약 10년 전에 이 병원에

서 생을 마쳤습니다. 안데르센이 오덴

세를 떠나지 않았더라면 언젠가 그들과

똑같은 운명을 맞이했을지도 몰라요.

*어머니는 1825년에 병원의 2층에 자리한
'의사의 방Doctors Boder'이라는 구호소에 수
용되었다고 전해진다. 안데르센은 이 병원
을 방문해 환자들에게서 그들이 겪은 참혹
한 경험에 대해 들었다. 현재 이 병원 건물
은 노인 요양원과 교회로 쓰이고 있다.

　그러나 안데르센은 역경을 이겨내는

힘 또한 오덴세에서 길렀어요. 그리고 그 힘의 원천은 다름 아닌

'독서'와 '배우가 되겠다는 꿈'이었지요. 안데르센은 성 한스Sankt

Hans 교회의 목사에게서 세례를 받았는데, 두 달 뒤에 목사가 세상

을 떠나자 목사 부인이 안데르센 집 근처로 이사를 와요. 목사가 남

동화 정원 가까이에 있는 성 크누트 성당. 웅장한 고딕 양식 건물로,
안데르센은 여기서 견진 성사를 받았다.

긴 괴테나 셰익스피어의 책을 빌려 읽으며 문학에 푹 빠진 안데르센은 장차 시인이 되겠다는 큰 꿈을 품었습니다.

한편 그 시절 오덴세의 블랙프라이어스Sortebrødre 광장에는 오덴세 코미디 하우스Odense Comediehus라는 이 지역 최초의 상설 극장이 있었습니다. 안데르센은 이 극장에 머물며 홍보물 붙이기와 티켓 판매 같은 일을 열심히 도와요. 언젠가 배우가 되어 성공하겠다는 꿈에 부푼 안데르센은 열네 살 때 어머니의 반대를 무릅쓰고 코펜하겐으로 떠납니다.

이렇게 소개한 곳들 외에도 오덴세에는 세계적 자랑거리인 한스 크리스티안 안데르센 기념관은 물론, 그의 동화와 관련된 동상들이 곳곳에 있어 안데르센의 작품을 사랑하는 관광객에게 많은 볼거리를 선사해주고 있어요.

오덴세 거리에는 안데르센 동화를 주제로 한 동상이 곳곳에 있다. 대표적인 것이 「벌거벗은 임금님Kejserens nye Klæder」을 소재로 만든 동상이다.

부두에 알록달록 화려한 건물이 늘어선 니하운Nyhavn은 코펜하겐
에서 으뜸가는 관광지다.

위 1874년에 새로 지어진 덴마크 왕립 극장Det Kongelige Teater 건물. 그 이전에 지배인이었던 요나스 콜린Jonas Collin은 안데르센이 작가가 될 수 있도록 후원해주었다. **아래** 위랜 반도에 자리한 리베Ribe 마을의 야경꾼. 안데르센 동화에는 밤에 마을을 순찰하는 야경꾼이 자주 등장한다.

코펜하겐에서 재능을 꽃피우다

이번에는 안데르센이 새로운 운명을 개척하고자 향한 덴마크의 수도 코펜하겐을 찾아가보았어요.

　수중에 돈이라고는 고작 몇 푼이 전부였던 안데르센에게 코펜하겐은 너무나 가혹한 도시였습니다. 배우가 될 가망도 사라지고 돈도 다 떨어져 귀향할 판이었는데 마침 후원자 몇 명이 나타나 따뜻한 도움의 손길을 건네주었지요. 덴마크 왕립 극장의 지배인이자 왕실 고문관인 요나스 콜린은 안데르센의 문학적 재능을 알아보고 국왕이 주는 장학금을 받을 수 있도록 길을 터주었어요. 안데르센은 힘든 상황 속에서도 라틴어를 가르치는 학교, 코펜하겐 대학 등에서 공부했고, 시인이자 작가로서의 길을 걷게 되어요.

　코펜하겐 중심부에는 요나스 콜린이 지배인으로 근무했던 왕립 극장의 새 건물이 있고, 근처에 위치한 마가신 뒤 노르Magasin Du Nord 백화점*에는 안데르센이 1827년부터 1828년까지 하숙했던 다락방이 있습니다. 하숙방 서쪽 창에 비치는 달그림자를 본 경험으로부터 《그림 없는 그림책Billedbog uden billeder》이 탄생했다고 해요. 이 방은 안데르센 탄생 2백 주년 기념으로 개방되었지만 지금은 비공개로 바뀌었어요.**

*안데르센이 하숙했던 당시에는 호텔이었고, 나중에 성공한 작가가 된 안데르센이 여기에 다시 묵었다고 한다. 이후 1870년에 호텔 내에서 영업을 시작한 상점이 커져서 백화점으로 변모했다.
**현재 다시 공개되었지만 백화점 3층의 으슥한 곳에 있는 데다 대체로 방문을 잠가놓아서 방문객이 헛걸음하기도 한다.

코펜하겐에는 안데르센 관련 명소가 오덴세보다 훨씬 많이 있어요. 가장 유명한 것이 코펜하겐 항 부근에 세워진 「인어 공주」 동상이에요. 근위병 교대식으로 유명한 아말리엔보르Amalienborg 궁전은 「꿋꿋한 주석 병정Den standhaftige Tinsoldat」, 「완두콩 위에서 잔 공주Prindsessen på Ærten」 이야기가 탄생한 곳으로 알려져 있지요. 또 각지

안데르센이 코펜하겐에서 공부하는 동안 하숙했던 다락방. 《그림
없는 그림책》에 영감을 주었다고 한다.

위 오덴세에서 멀리 떨어지지 않은 곳에 있는 에게스코우Egeskov 성. 호수 한가운데에 세워진 아름다운 성으로 유명하다. **아래** 1845년에 안데르센은 위랜 반도에 있는 그로스텐Gråsten 성을 방문했다. 이곳에서 「성냥팔이 소녀Den Lille Pige med Svovlstikkerne」를 집필했다고 알려졌으나 사실은 아우구스텐보Augustenborg 성에서 집필했다.

에 있는 귀족들의 저택에 묵으며 평생 여행을 한 안데르센은 "내게 여행은 인생의 학교다. 여행을 통해 나는 많은 것을 배웠다"라는 말을 남겼어요. 지금보다 교통이 훨씬 불편한 시대였지만 무려 스물아홉 번이나 해외여행을 다녔대요.

이처럼 안데르센 동화가 태어난 곳들을 두루 돌아보니, 안데르센은 아이들을 위한 이야기를 쓴 것이 아니라, 자신이 삶 속에서 느낀 기쁨과 슬픔을 오롯이 담아낸 글을 썼을 뿐이라는 점을 깨닫게 되었습니다.

일본어판 《안데르센 동화집 1》 한스 크리스티안 안데르센 지음, 오하타 스에키치 옮김, 이와나미소년문고
한국어판 《안데르센 동화집 1》 한스 크리스티안 안데르센 지음, 빌헬름 페데르센 외 그림, 햇살과나무꾼 옮김, 시공주니어

전 세계 독자들에게 친숙한 안데르센 동화. 「엄지 아가씨」, 「미운 오리 새끼」, 「황제의 새 옷(벌거벗은 임금님)」, 「작은 클라우스와 큰 클라우스」 등의 이야기가 들어 있다.

프랑스·스위스를 무대로 한 작품

《어린 왕자》

앙투안 드 생텍쥐페리

한평생 하늘을 사랑하다

생텍쥐페리는 1900년 6월, 프랑스 제2의 도시 리옹에서 귀족 집안의 셋째이자 맏아들으로 태어났어요. '생텍스'라는 애칭으로 불렸던 그는 열두 살 때 리옹에서 가까운 앙베리외앙뷔제Ambérieu-en-Bugey의 민간 비행장에서 난생처음으로 비행기를 타는데, 이 경험은 생텍쥐페리의 일생을 결정지은 운명적인 사건이었습니다. 그는 1921년에 스트라스부르Strasbourg에 있던 전투 비행단 제2연대에 정비사로 입대한 뒤, 민간 비행사 자격증을 따면서 정식 조종사로서의 길을 걷게 되어요.

이후 1920년대 후반부터 약 10년간, 생텍쥐페리는 라테코에르Latécoère 항공사* 등에서 우편 비행사로 일합니다. 장거리 비행 조종사로서 아프리카와 남미의 하늘을 날았던 그는 수없이 많은 기체 사고와 불시착을 겪었고 자주 다쳤어요. 이때의 경험을 바탕으로《남방 우편기Courrier Sud》(1929),《야간 비행Vol de Nuit》(1931),

*후에 아에로포스탈Aéropostale 항공사로 바뀌었다. 1932년에 해체된 아에로포스탈이 다른 항공사들과 합쳐지면서 현재의 에어프랑스Air France 항공사가 탄생했다.

리옹의 벨쿠르Bellecour 광장에 있는 생텍쥐페리 탄생 백 주년 기념
탑. 2000년에 세워진 이 탑 위에는 생텍쥐페리와 어린 왕자의 동상
이 있다.

생텍쥐페리와 콘수엘로 순신Consuelo Suncín은 아게Agay의 라 보맷La
Baumette 해변 근처에 자리한 성에서 결혼식을 올렸다. 이 성은
1944년에 독일 공군의 폭격을 받아 흔적도 없이 사라졌다.

《인간의 대지Terre des hommes》(1939) 등의 작품을 썼고, 행동파 작가로서 폭넓은 독자층의 지지를 얻었지요.

1931년, 생텍쥐페리는 아르헨티나 부에노스아이레스에서 지낼 때 알게 된 콘수엘로 순신과 결혼해요. 제2차 세계 대전이 일어나 공군으로 징집되지만, 이듬해 프랑스가 독일에 항복해 동원령이 해제되자 뉴욕으로 망명했고, 1943년에 다시 조종사로 복귀하여 미국이 지휘하는 비행대와 함께 독일군에 맞서 싸웁니다.

철학적 의미를 담고 있는 우화

뉴욕에 머물 때 생텍쥐페리는 미국 출판사의 제안으로 《어린 왕자》를 집필했고, 출간 즉시 전 세계 독자들로부터 뜨거운 사랑을 받았어요. 《어린 왕자》는 문체가 간결해 아동문학으로 분류되지만 아이들이 쉽게 이해할 수 있는 내용의 책은 아니에요. 이 작품에서 생텍쥐페리가 가장 전하고 싶어 했던 메시지는 '장미꽃 이야기'에 담겨 있고, 아내 콘수엘로를 장미꽃에 비유해 자신의 결의를 전한 유서 비슷한 것이라고 보는 해석도 있습니다.

여우는 어린 왕자와 헤어질 때 다음과 같은 말을 남겨요.

> 네 장미를 그토록 소중하게 만든 건 네 장미에게 들인 시간 때문이야. 사람들은 이 진실을 잊어버렸어. 그러나 너는 잊으면 안 돼. 네가 길들인 것에 너는 언제까지나 책임이 있어.

여우의 말대로 어린 왕자는 장미에게 책임을 다하고자 죽음을 무릅쓰고 자기 별로 돌아갑니다. 《어린 왕자》가 감동적인 것은 왕자가 자신의 안위가 아니라 '책임'을 선택했기 때문이에요. 하지만 왕자의 선택은, 자신이 한 말을 꼭 지키려고 해왔던 생텍쥐페리로 하

위 생텍쥐페리의 외고모할머니인 드 트리코 백작 부인의 저택. 이 저택이 있는 생 모리스 드 리망스Saint-Maurice-de-Rémens 마을은 생텍쥐페리에게 제2의 고향 같은 곳이다. **아래** 어린 생텍쥐페리가 처음으로 하늘을 난 앙베리외앙뷔제의 비행장. 지금은 군 기지로 쓰인다.

여금 강한 강박을 느끼게 합니다. 이후 그는 어린 왕자의 행로와 매우 유사한 행로를 따라가지요.

《어린 왕자》 출간 작업이 진행되고 있던 1942년 11월에 영미 연합군은 북아프리카 상륙을 감행했고, 1943년 봄에 생텍쥐페리는 친구들과 아내 콘수엘로가 사는 뉴욕에 이별을 고하고 프랑스령 알제리의 정찰 비행단에 합류해요. 1944년 7월 31일, 코르시카 섬 바스티아의 기지에서 아홉 번째 정찰을 나선 생텍쥐페리는 머나먼 곳으로 여행을 떠난 채 영원히 돌아오지 않았습니다.

생텍쥐페리의 인생이 정해진 비행장

대학에서 공동 연구를 하느라 리옹에 머물던 나는 이참에 생텍쥐페리가 살아온 길을 따라가보기로 했어요. 리옹 중심에는 드넓은 벨쿠르 광장이 있어요. 생텍쥐페리는 광장 옆에 있는 맨션 4층에서 태어났습니다. 이 광장에는 생텍쥐페리 탄생 백 주년을 기념해 2000년에 세운 생텍쥐페리와 어린 왕자 탑이 있지요.

리옹에서 북동쪽으로 40킬로미터가량 올라가면 생 모리스 드 리망스 마을이 나와요. 이곳에는 생텍쥐페리의 외고모할머니이자 드 트리코 백작 부인인 가브리엘Gabrielle이 소유했던 저택이 있는데, 아버지가 세상을 떠난 뒤 남은 가족은 한동안 이 집에서 신세를 졌어요. 생 모리스 드 리망스는 생텍쥐페리에게 제2의 고향과도 같은 곳이었다고 해요.

이곳에서 수 킬로미터 떨어진 앙베리외앙뷔제에는 비행장이 있어요. 앞서 언급했듯이, 열두 살 때 앙베리외앙뷔제에서 방학을 보내던 그는 자전거를 타고 비행장을 들락거리다가 테스트용 비행기에 오르는 조종사를 졸라 타볼 기회를 얻었던 모양이에요. 이 경험이 생텍쥐페리의 미래를 결정지었다고 할 수도 있겠지요. 하지만 이때 생텍쥐베리를 태워준 조종사는 2년 뒤에 시험 비행 도중 추락해 목숨을 잃었습니다. 생텍쥐페리의 미래도 평탄하기만 할 거라고 생각할 수는 없었을 겁니다. 이 비행장에는 생텍쥐페리의 첫 비행 기념패가 남아 있다고 하는데, 지금은 군 기지로 바뀌어 일반인은 안에 들어갈 수 없어요.

이후 나는 항공 산업 도시 툴루즈Toulouse에 가보았어요. 1918년부

위 남방 우편 비행사들의 숙소였던 르 그랑 발콘Le Grand Balcon 호텔의 5층 32호실. 남방으로 비행할 때마다 생텍쥐페리가 묵었던 방으로, 지금은 내부 장식이 사진 속과 다르게 바뀌었다. **아래** 르 그랑 발콘 호텔. 비행사들이 주로 모이던 캐피톨Capitole 광장에 있다.

터 라테코에르 항공사, 뒤이어 아에로포스탈 항공사가 여기에 거
점을 두고 툴루즈와 카사블랑카(모로코), 카사블랑카와 다카르
(세네갈)를 오가는 항공 운송편으로 우편 사업을 시작했기 때문에
이곳은 항공 산업 시대를 연 도시라고 할 수 있지요. 생텍쥐페리가
비행기에 우편물을 싣고 남방 나라들을 향해 날아올랐던 몽토드랑
Montaudran 공항 활주로 근처에는 그의 상사였던 디디에 도라Didier
Daurat*의 기념비가 세워져 있어요.

> *《야간 비행》의 주인공 리비에르의 모델이다.

　툴루즈의 캐피톨 광장에 있는 르 그랑
발콘 호텔은 남방 우편 비행사들이 묵었던 호텔로, 내가 방문했을
때는 생텍쥐페리가 늘 머물렀던 5층 32호실이 그대로 남아 있었습
니다. 1층 로비 벽면에는 생텍쥐페리를 비롯한 비행사들의 사진, 라
테코에르 및 아에로포스탈 항공사의 옛날 포스터가 가득 붙어 있
어 마치 박물관 같은 분위기가 감돌았어요. 그러나 최근에 호텔이
재개장하면서 방과 로비 등도 다른 모습으로 바뀌었다고 해요.**

> **르 그랑 발콘 호텔은 32호실의 인테리어를 바꾸고 'SAINT-EXUPERY SUITE'라는 객실로 운영하고 있다.

일본어판《별의 왕자님》앙투안 드 생텍쥐페리 지음, 나이토 아로 옮김, 이와나미소년문고
한국어판《어린 왕자》앙투안 드 생텍쥐페리 지음, 박성창 옮김, 비룡소

비행기 고장으로 사막에 불시착한 비행사는 작은 남자아이를 만난다. 소년은 자신의 별을 떠나 지구로 온 왕자였다. 1943년에 출간된 이래 전 세계에서 꾸준히 사랑받고 있는 명작.

《하이디》

요한나 슈피리

알프스 자연을 배경으로 쓰인 불후의 명작

주인공 하이디는 부모를 여의고 고아가 되자 깊은 산속에서 혼자 사는 할아버지에게 맡겨집니다. 할아버지는 젊은 시절에 방탕하게 살다가 이탈리아에서 용병 생활을 하기도 했지만, 이제는 사람이 싫어서 산속에서 양을 기르며 살고 있었어요. 하지만 이처럼 괴팍하고 비틀린 성격의 할아버지도 맑고 명랑한 하이디와 살면서 점차 마음이 녹아가지요.

그러던 어느 날, 하이디는 머나먼 도시 프랑크푸르트의 한 저택으로 떠나게 됩니다. 몸이 약하고 걷지 못하는 부잣집 딸 클라라의 놀이 상대가 필요했기 때문이에요. 하지만 프랑크푸르트에서 살게 된 산골 소녀 하이디는 깐깐하고 냉정한 집사 로텐마이어에게 구박을 받아요. 대도시 생활에 적응하지 못하고 고향을 그리며 마음 고생을 하던 하이디는 결국 몽유병에 걸려 한밤중에 홀로 배회하고, 의사의 소견에 따라 알프스 산의 품으로 돌아옵니다.

하이디가 산골 할아버지 곁으로 돌아오자 많은 것이 달라져요.

앞을 못 보는 페터네 할머니는 도시에서 글 읽는 법을 배워온 하이디가 읽어주는 책 내용을 들으며 기운을 되찾지요. 할아버지는 하이디 덕분에 신앙심을 되찾아 함께 산기슭 교회에 나가 마을 사람들을 놀라게 하고요. 이듬해에는 클라라가 할머니와 함께 하이디를 찾아와요. 클라라는 하이디와 할아버지의 도움으로 혼자 걸을 수 있게 되고, 산을 깜짝 방문한 제제만 씨는 딸의 모습에 놀라며 기뻐합니다.

부모에게서 많은 영향을 받다

작가 요한나 슈피리는 1827년 스위스의 취리히 호수 남쪽에 있는 산골 마을 히르첼Hirzel에서 태어났어요. 취리히 호수가 멀리 내려다보이는 언덕 위의 하얀 집, '의사의 집Doktor House'이라 불리던 곳이 생가로, 지금도 히르첼의 상징으로 남아 있지요.

　슈피리의 아버지이자 의학을 전공한 요한 호이서Johann Heusser는 젊은 나이에 의사가 없던 히르첼에 와서 병원을 열었어요. 성실하게 환자를 돌보는 의사로 사람들에게 존경을 받았대요. 1821년에 요한은 목사의 딸이자 훗날 훌륭한 종교시를 쓰는 시인 메타Meta(마가레타의 통칭이에요)와 결혼합니다. 정력적으로 활동하는 사교적인 아버지와, 내향적이고 시에서 위로를 찾는 어머니는 성향이 정반대였지만 슈피리의 성격 형성에 좋은 영향을 미쳤어요. 슈피리의 작품 속 등장인물들이 가진 상냥하면서도 굳센 마음은 그의 부모님의 성향이 반영된 것으로 보여요. 슈피리는 특히 어머니 메타로부터 많은 영향을 받았으며, 자신이 본 어머니는 "십자가를 짊어진 사람"이었다고 회상합니다.

　1852년, 스물다섯 살인 슈피리는 여섯 살 연상의 변호사 베른하르트Bernhard와 결혼하여 남편이 시 관련 고위직으로 일하던 취리

《하이디》의 무대인 마이엔펠트Maienfeld 마을. 역 앞에 늘어선 식당들 너머로 하이디가 살던 알프스 산이 보인다.

알프스 산의 오히제베르크Ochsenberg 고원에 있는 오두막*은 하이
디가 여름을 보내던 할아버지 집의 모델이다. 여름마다 할아버지를
꼭 닮은 주인이 방문객에게 식사를 판매한다.

*현재 하이디알프Heidialp라고 불리는 식당이 되었다. 주로 5월
부터 10월까지 영업한다.

할아버지네 오두막이 전나무에 둘러싸여 덩그러니 서 있다.

히에서 살게 되어요. 하지만 일하기 바쁜 남편 곁에서 쓸쓸한 도시 생활에 괴로워하며 심각한 향수병을 앓지요. 마음이 지친 슈피리는 취리히에서 약 백 킬로미터 떨어진 마이엔펠트 바로 옆 예닌스 Jenins 마을을 찾아 여학교 재학 시절의 친구와 한동안 함께 지내기도 해요. 슈피리는 이곳 오솔길을 따라 마이엔펠트의 오버 로펠스 Ober Rofels 동네(하이디가 겨울을 보내던 동네이지요)까지 산책하기를 즐겼는데, 1880년에 이곳을 산책하면서 구상한 작품이 바로 《하이디》예요.* 자연 풍경이 아름다운 이 길은 '하이디의 오솔길'이라 불리며 많은 이에게 사랑받고 있어요.

슈피리의 작가로서의 출발은 상당히 늦은 편이었어요. 첫 작품은 1871년 44세 때 집필하여 익명으로 발표한 《브로니 무덤

> *예닌스, 마이엔펠트, 바드 라가츠Bad Ragaz 마을은 서로 인접해 있다. 슈피리는 어렸을 적부터 예닌스를 자주 찾았고, 1880년경에 병약한 아들의 요양을 위해 온천으로 유명한 바드 라가츠를 방문했다. 이때도 근처 예닌스의 친구 집을 자주 찾은 슈피리는 여기서 마이엔펠트로 이어지는 오솔길을 걸으며 《하이디》를 구상했다고 전해진다.

가의 나뭇잎Ein Blatt auf Vrony's Grab》이며, 대표작은 물론 《하이디》(상권은 1880년에, 하권은 1881년에 출간되었어요)예요. 작가로 성공하겠다는 야망도 없어서 약 10년간 익명으로 활동하던 슈피리는 1881년에 《하이디》 하권을 출간하면서 드디어 본명을 밝힙니다. 슈피리가 작가로 명성을 얻자 출판사는 자전적인 작품을 내자고 제안했지만 그는 말년까지 단호히 거절했어요.

1901년, 죽을 날이 머지않았음을 느낀 슈피리는 원고와 작품 메모 들을 전부 태웁니다. 본인 앞으로 온 편지도 남김없이 처분했지요. 끝은 끝이라고 깔끔하게 받아들이고 단호하게 종지부를 찍는 것이 슈피리의 태도였어요.

깊은 신앙심과 자연 존중

슈피리의 도덕관은 루소나 페스탈로치처럼 자연의 질서를 따르되

위 오버 로펠스에 있는 '하이디의 집.' 산에서 내려온 하이디와 할아버지가 겨울을 났던 집의 모델이다. **아래** 취리히의 실펠트 묘지 Sihlfeld Cemetery에 있는 슈피리의 묘. 남편과 아들도 나란히 묻혀 있다.

진보적이면서 개인의 자발성을 중시하는 것이었어요. 독실한 개신교인이면서 남에게 신앙을 강요하지 않았던 그의 자세는 작품에도 잘 드러나요. 슈피리는 작품 속에서 대자연의 아름다운 매력과 자연이 인간에게 미치는 긍정적인 힘을 강조해요. 도시는 때때로 사람의 몸과 마음을 뒤흔들거나 조금씩 망가트리지만 자연은 너른 품 안에서 사람이 본연의 모습으로 살아가게끔 돕습니다. 자연으로 돌아가는 일은 신을 믿는 것과 같다고 여긴 슈피리에게 자연주의적 이념은 곧 신앙심이나 마찬가지였어요.

슈피리의 고향 히르첼에는 그가 다닌 초등학교 건물을 활용한 요한나 슈피리 박물관Johanna-Spyri-Museum이 있다.

하지만 자연을 존중하니까 원시적으로 살아야 한다는 것은 아니었습니다. 작품 속에서 하이디도 글을 익히고 학교에 다니지요. 이러한 배움은 자연을 해치는 일이 아니에요. 모든 어린이가 저마다의 소질nature, 즉 본래의 자질을 한껏 펼칠 수 있기를 강하게 바라는 마음이 슈피리의 작품들 속에서 끊임없이 드러납니다. 그의 이러한 생각은 현대 사회에도 통하는 참신한 사상이에요.

1901년, 일흔네 살의 나이로 눈감은 슈피리는 취리히의 실펠트 묘지에 묻혔습니다. 묘비에는 이렇게 적혀 있어요.

주여, 이제 내가 무엇을 바라겠나이까. 나의 바람은 당신에게 있습니다.(구약성서 시편 39:7.)

일본어판《하이디》요한나 슈피리 지음, 폴 헤이 그림, 야가와 스미코 옮김, 후쿠온칸쇼텐
한국어판《하이디》요한나 슈피리 지음, 폴 헤이 그림, 한미희 옮김, 비룡소

부모를 여읜 하이디는 알프스 산에서 사람을 싫어하는 할아버지와 함께 산다. 대자연 속에서 즐거운 나날을 보내던 하이디는 어느 날 프랑크푸르트의 커다란 저택으로 가게 되고 거기서 새로운 운명과 맞닥뜨린다.

참으로 고마운 인연들

이 책의 저자 이케다 마사요시 씨는 본문에서도 나왔다시피 초등학교 3학년 때 읽은 《둘리틀 박사의 바다 여행》 때문에 아동문학에 흥미를 갖게 되었습니다. 당시 '둘리틀 박사의 배 여행'이라는 제목으로 고단샤의 인기 잡지 《소년 구락부》에 연재되었던 이 작품은 평소 읽을거리에 목말라 있던 그에게 '인생에서 전무후무할 만큼 상상력을 자극해준 훌륭한 책'이었다고 하지요.

대학생이 되어 《둘리틀 박사의 바다 여행》을 다시 읽은 이케다 씨는 어릴 때 그렸던 작품 속 세계가 다시 머릿속에 생생하게 떠오른 사실에 매우 놀랐고, 아동문학에 푹 빠진 것도 바로 이때부터였다고 이야기합니다. 대학에서 중소기업론을 가르치던 그는 본업과는 별개로 아동문학을 탐독하고 독자적으로 연구하는 동시에 작품 속에 무대로 등장한 장소들을 찾아다니면서 사진을 찍었어요. 《둘리틀 박사의 바다 여행》과의 인연이 그로 하여금 이런 활동들에 많은 시간과 열정을 쏟아붓게 했다고 할 수 있지 않을까요.

이케다 씨가 어렸을 때 《소년 구락부》를 읽은 곳은 이웃이 가게 한구석에 마련한, 지금으로 말하자면 작은 '학급 문고' 같은 사설 도서실이었습니다. 그런 추억 때문이었을까요? 1970년경, 그는 지바 현 후나바시 시에 있던 자택에 동네 어린이들을 위한 '가정 문고'를 엽니다. 이 문고는 차츰 규모가 커져 동네 자치회 사무소로 이전했어요. 그리고 지바 현립 도서관에서 단체에게 책을 대출해 주는 서비스도 이용했는데, 이때 이케다 씨는 당시 현립 도서관 어린이실 담당자인 아라이 도쿠코荒井督子 씨를 알게 되었습니다. 도쿄 어린이도서관의 일원이기도 했던 아라이 씨 덕분에 도쿄어린이도 서관과 이케다 씨의 인연이 시작되었지요.

이케다 씨는 1993년부터 2010년까지 도쿄어린이도서관에서 평의원과 이사를 지냈어요. 1994년에는 설립 20주년을 기념한 모금 활동 중 하나로 '슬라이드로 보는 영국 아동문학 여행'이라는 5회짜리 강연을 열었습니다. 첫 강연 때는 번역가 이시이 모모코 씨가 맨 앞자리에 앉아 있었는데, 강의가 끝나자 이케다 씨에게 다음 영국 여행 때 꼭 데려가 달라고 부탁했던 모양입니다. 예전에 영국을 돌아다닌 뒤 그 기록을 《아동문학 여행》이라는 책으로 펴낸 적 있는 이시이 씨도 강연에서 슬라이드를 보니 영국에 다시 가고 싶어 졌을 테지요.

1997년에 도쿄어린이도서관이 단독 건물로 이전해서 강의할 공간을 찾아 헤맬 걱정이 사라지자, 설립 20주년 특강으로 좋은 평가를 받았던 이케다 씨의 강의가 '이케다 마사요시와 함께하는 슬라이드 토크'라는 제목으로 다시 열렸습니다. 이 강의는 지금까지 약 20년 동안 매년 2, 3회씩 열렸고, 도서관 정기 행사로 자리를 잡았어요.

한편, 강의를 들은 분들의 요청으로 이케다 씨는 지방 모임에서도 슬라이드 상영회를 열게 되었습니다. 그 결과 '이케다 팬'이 늘어났고, 작은 여행사가 돕겠다고 나서면서 '이케다 선생님과 함께하는 아동문학 여행'이 여러 번 실현되기도 했어요. 작품에 친숙해진 참가자들은 더없이 알찬 여행을 즐기면서 잊을 수 없는 추억을 쌓았습니다.

일명 이 '슬라이드 토크' 모임은 참가자가 50명 안쪽인(자주 참석하는 사람도 있었어요) 아담한 강의였고, 이케다 씨가 한 작품당 보여주는 사진은 무려 220장가량에 달했어요. 초창기에 보여준 것은 말 그대로 환등기의 플라스틱 홀더에 끼워 비추어보는 포지티브(슬라이드) 필름이었습니다. 도넛형 환등기의 홀더에 슬라이드를 순서대로 끼우고 장착한 뒤, 이케다 씨가 신호를 보낼 때마다 담당자가 화면을 한 장씩 찰칵찰칵 넘겼어요. 가끔은 위아래가 뒤집히거나 좌우가 바뀐 사진이 나오는 재미도 있었습니다. 하지만 최근 들어 기술이 발달해 환등기를 쓸 일이 없어지면서 슬라이드 상영은 이제 추억으로 남았지요.

이케다 씨는 늘 슬라이드 상영 전에 강의를 했습니다. 매번 상세히 작성한 유인물을 준비했지요. 그 내용에 따라 차근차근 설명을 하는데 내용이 어찌나 알차고 말솜씨가 훌륭한지, 마치 대학 강의를 듣는 듯한 느낌이 들었습니다. 작품을 읽어내는 깊이와 다채로운 자료를 찾아보는 성실함이 엿보여 절로 감탄이 나오곤 했지요.

이 책은 영국을 중심으로 26개 테마(작품과 작가와 전설)를 다루고 있는데, 현재 저자는 모두 46개 테마(영국 관련 테마는 35개)의 사진과 자료를 정리해두었다고 합니다. 사진도 무려 1만 장이 넘는데 언제 어디서 찍었는지 거의 기억할 뿐 아니라, 여행을 할 수 없는 요즘도 밤늦게까지 구글 맵으로 영국의 이곳저곳을 '가상 탐험'한다고 하니, 아동문학 속 무대 탐방에 쏟는 이케다 씨의 열정이 보통이 아님을 짐작할 수 있어요.

이 책은 이케다 씨가 오랜 시간을 바쳐온 아동문학 연구의 결정체입니다. 세계 아동문학계에서도 으뜸가는 작품과 작가 들을 소개했고 사진도 1만 장 중에서 공들여 골라 실었습니다(고르는 데 얼마나 힘들었을까요!). 특히 영국의 전원 풍경이 많이 실려 있는데, 보기만 해도 마음이 편안해지고 사진집으로 감상해도 될 만큼 아름다워요.

　책 속의 글 또한 이케다 씨가 지금껏 해온 강의 내용 중 핵심만을 모은 것입니다. 이케다 씨의 적확한 작품 비평에 감명을 받은 독자도 많겠지만, 나는 이케다 씨가 작품 무대를 탐방하다가 우연한 만남에 도움을 받은 에피소드들이 마음에 듭니다. 작가 필리퍼 피어스와 루시 M. 보스턴을 만난 일, 《시간 여행자, 비밀의 문을 열다》에 나오는 비밀 땅굴로 안내받았던 일, '제비호와 아마존호' 시리즈에 쓰인 '화성 통신'을 실제로 본 일 등 말이에요. 이 모든 우연은 이케다 씨의 인격과 순수한 탐구심에서 비롯된 행운이겠지만, 내게는 그의 열정에 감탄한 하늘이 내려준 선물로 보입니다.

　사람과 책, 사람과 사람이 서로 마음을 열고 하나로 이어진 끝에, 이케다 씨의 세계 아동문학 여행의 결정체가 이렇게 아름다운 책으로 탄생했습니다. 부디 이 책을 읽고 소개된 작품들에 흥미를 느끼는 독자가 잔뜩 늘어나기를 바라는 한편, 이 책을 곁에 가까이 두고 소개된 작품들을 재독하고 또 재독하는 독자도 많을 것임을 의심하지 않습니다. 참으로 고맙디고마운 기쁜 인연이에요.

공익재단법인 도쿄어린이도서관 명예이사장
마쓰오카 교코松岡享子

닫는 글

독자 여러분은 이 책을 어떻게 읽으셨나요. 나는 아동문학 작품들에 영감을 준 실제 장소와 모델을 찾아다니는 탐방의 재미에 푹 빠져 40년 남짓 영국을 비롯한 각국을 돌아다녔어요. 《운명의 기사》, 《시간 여행자, 비밀의 문을 열다》, 《한밤중 톰의 정원에서》 등에서 드러난 것처럼 작품을 즐기는 또 다른 방법이었지요.

다만 모든 나라의 작품을 무대 탐방이라는 방법으로 즐길 수 있었던 건 아니에요. 아무래도 영국 작품이 확연히 많아요. 영국 작품에는 실제 장소를 바탕으로 만든 무대가 등장하고, 작가들이 이 방면에서 발휘한 집요함이 매우 돋보입니다. 그리고 이런 영국 문학의 특징은 독자들이 작품의 이미지를 상상하는 데 효과적인 도움을 준다고 생각해요. 영국이 아동문학 강국으로 오래도록 손꼽히는 까닭은, 실제 배경이나 모델을 중시하는 창작 문화가 깊이 뿌리를 내렸기 때문이라고 해도 과언이 아닐 테지요. 지금까지 오랜 세월 동안 고찰하면서 내린 결론이에요.

끝으로 변변찮은 책에 추천의 말씀을 써주신 도쿄어린이도서관 명예이사장 마쓰오카 교코 씨, 이와나미쇼텐 편집부의 이시하시 세나 씨에게 깊은 감사를 전합니다. 또한 책이 나오기까지 아낌없이 수고해주신 도쿄어린이도서관 이사장 하리카에 게이코張替惠子

씨와 직원 여러분께도 진심으로 감사드립니다.

이 책의 편집을 맡은 엑스날리지 출판사의 세키네 지아키^{関根千秋} 씨는 원고를 꼼꼼하게 살피고 좋은 의견을 보내주셨어요. 세키네 씨가 열정적으로 도와준 덕분에 출판 분야에 대해 잘 알지 못하는 내가 무사히 책을 완성해 펴낼 수 있었지요. 정말 고맙습니다. 또 처음부터 끝까지 문서 입력을 도와준 내 오랜 벗 요시다 미치코^{吉田美知子} 씨에게도 깊은 감사의 인사를 전합니다.

이케다 마사요시

세계 명작 동화를 둘러싼 40년의 여행

초판 1쇄   2022년 12월 24일 발행

지은이   이케다 마사요시
옮긴이   황진희, 심수정

기획편집   유온누리
디자인   조주희
마케팅   장형철, 최재희, 맹준혁
인쇄   예인미술

펴낸이   김현종
펴낸곳   메디치미디어
경영지원   이도형, 이민주
등록일   2008년 8월 20일 제300-2008-76호
주소   서울시 중구 중림로7길 4, 3층
전화 / 팩스   02-735-3308 / 02-735-3309
이메일   meeum@medicimedia.co.kr
인스타그램   @__meeum
블로그   blog.naver.com/meeum__

ISBN 979-11-5706-272-0 (03800)

창문, 몸의 ㅁ, 마음의 ㅁ
ㅁ은 메디치미디어의 인문·교양·에세이 브랜드입니다.